Ullstein Kriminalroman

ÜBER DAS BUCH:

Daß die Killer des größten Drogenhändlers von Detroit zwei seiner Männer ermordeten, hätte Kenyatta vielleicht noch hingenommen – Berufsrisiko. Daß dabei aber auch zwei Frauen seiner Organisation starben, darunter die Tante seiner Lebensgefährtin, kann der Herr des schwarzen Gettos nicht dulden. Kenyatta läßt nun seinen gefährlichsten Mann auf seine Feinde los, den grauenhaften Creeper. Und der hakt einen Namen nach dem anderen auf Kenyattas Todesliste ab.

DER AUTOR:

Donald Goines, 1937 in Detroit geboren und im Alter von 39 Jahren ermordet, ist der unbestrittene Meister der Darstellung schwarzen Gettolebens in den USA. Goines begann im Zuchthaus zu schreiben und veröffentlichte in nur vier Jahren sechzehn Romane. Seine Bücher zählen zu den meistgelesenen Werken schwarzer Schriftsteller und erreichten in den USA Millionenauflagen.

Donald Goines

Kenyattas Todesliste

Aus dem Amerikanischen
von Petra Müller

Ullstein Kriminalroman

Ullstein Kriminalroman
Ullstein Buch Nr. 10701
im Verlag Ullstein GmbH,
Frankfurt/M – Berlin
Titel der amerikanischen
Originalausgabe:
Death List

Deutsche Erstausgabe

Umschlaggestaltung:
Theodor Bayer-Eynck
Umschlagbild:
John Martinez/Agentur Irmeli Holmberg

Printed in Germany 1991
Gesamtherstellung:
Ebner Ulm
ISBN 3 548 10701 X

November 1991

Vom selben Autor
in der Reihe
der Ullstein Bücher:

Kenyatta schlägt zu (10697)
Bestie Heroin (22243)

Die Deutsche Bibliothek –
CIP-Einheitsaufnahme

Goines, Donald:
Kenyattas Todesliste / Donald Goines.
Aus dem Amerikan. von Petra Müller. –
Dt. Erstausg. – Frankfurt/M; Berlin:
Ullstein, 1991
(Ullstein-Buch; Nr. 10701:
Ullstein-Kriminalroman)
Einheitssacht.: Death list <dt.>
ISBN 3-548-10701-X
NE: GT

Für Alfonso Chambers, von seinem Vater

1

Die beiden Detectives saßen seit den frühen Morgenstunden in ihrem Büro im Polizeihauptquartier der Innenstadt und warteten auf einen Anruf. Als das Telefon endlich klingelte, sprangen beide Männer auf. Der farbige Detective war schneller am Apparat als sein weißer Kollege. Er blinzelte seinem Freund zu, ließ ihn somit wissen, daß dies der Anruf war, auf den beide gewartet hatten.

Der große, weiße Mann mit den feingeschnittenen Zügen ging zurück zu seinem alten, schäbigen Schreibtisch und setzte sich wieder hin. Während er ungeduldig auf das Ende des Telefongesprächs wartete, trommelte Detective Ryan mit den Fingern auf der zerkratzten Tischplatte.

Schließlich legte der große, schwarze Mann den Hörer auf. »Also, was zum Teufel hast du vor?« rief er seinem Partner zu, als Ryan aufsprang. »Willst du den ganzen Tag auf deinem faulen Arsch sitzen?«

»Fick dich ins Knie, Benson, du Schwanzlutscher, du«, brüllte Ryan zurück, während beide Männer zur Tür eilten. »Hat der Informant alles rausgerückt, was wir brauchen?«

Detective Edward Benson verlangsamte seinen Schritt gerade soweit, um Ryan einen Zettel zu zeigen, auf den er eiligst eine Adresse gekritzelt hatte. »Wir haben die Adresse dieser Scheißkerle, genau wie er's uns versprochen hat.«

Die beiden Männer eilten einen kurzen Flur entlang, der zu einem größeren Büroraum führte. Die Detectives bahnten sich einen Weg durch das überfüllte Außenbüro und grüßten die Männer und Frauen, die unter dem Brummen der altmodischen Klimaanlage ihrer Arbeit nachgingen.

Als sich der farbige und der weiße Detective der Außentür näherten, sprangen zwei jüngere Detectives auf, die in der Nähe gesessen hatten. Keiner der beiden schien über fünfundzwanzig zu sein, während Benson und Ryan bereits Falten um die Augen hatten, die gewiß nicht durch Mangel an Schlaf entstanden waren. Die beiden älteren Detectives schienen Ende Dreißig, Anfang Vierzig zu sein. In zehn Jahren würden die jüngeren Männer genauso aussehen, wenn sie ihren Job behielten und den Kampf gegen die Kriminalität fortsetzten.

Die beiden jungen weißen Detectives ignorierten Benson und sprachen mit seinem Partner. Das geschah mehr aus Gewohnheit als mit Absicht. »Man hat uns gesagt, daß wir auf Sie warten sollen, Sir, weil Sie vielleicht Verstärkung brauchen«, sagte der Größere der beiden.

Ryan blieb stehen und starrte die beiden Männer an. Die Mißachtung seines schwarzen Partners war ihm nicht entgangen. »Weiß ich nicht«, sagte Ryan schroff, »das muß mein dienstälterer Kollege, Detective Benson, entscheiden.« Er deutete mit dem Kopf zu seinem schwarzen Partner. Die beiden jungen weißen Detectives starrten verlegen zu Boden. Keiner von beiden brachte es über sich, Benson direkt zu fragen, ob sie mitkommen dürften, obwohl es ein Pluspunkt in ihrer Akte wäre, wenn sie bei der Verhaftung zweier Mörder dabeisein könnten.

»Was meinst du, Ben?« fragte Ryan seinen Partner und brach das Schweigen.

Benson bedachte die beiden jüngeren Männer mit einem kühlen Blick. »Das überlaß ich dir, Ryan, wenn du meinst, daß wir Hilfe brauchen, um die zwei Kerle festzunehmen.« Er zuckte mit den Schultern und gab seinem Partner dadurch zu verstehen, daß er die beiden Männer eigentlich nicht dabeihaben wollte.

Ryan wußte, wo das Problem lag. Wären die beiden Männer gleich auf Benson zugegangen, hätte er sie gerne mitgenommen. Aber jetzt wollte er sich nicht mehr mit ihnen abgeben. Es stand ihm ins Gesicht geschrieben. In den Jahren der Zusammenarbeit hatte Ryan herausgefunden, daß der intelligente schwarze Detective äußerst empfindlich war. Manchmal schien er ein bißchen zu empfindlich. Ryan wollte die beiden Männer erst auffordern, trotzdem mitzukommen, änderte dann aber seine Meinung. Es hatte keinen Sinn, den Mann, mit dem er zusammenarbeiten mußte, zu verärgern.

Als Benson zur Tür hinausging, wandte sich Ryan verlegen an die beiden Männer. »Tja, ich schätze, eure Hilfe wird wohl doch nicht gebraucht. Sind wohl keine vier Männer nötig, um die zwei Kerle festzunehmen.«

Es lag auf der Hand, daß die beiden Männer enttäuscht waren. Der eine wollte gerade etwas sagen, entschied sich dann aber doch dagegen. Ihr kurzer Wortwechsel war den anderen Polizisten im Raum nicht entgangen. Den meisten war klar, worauf die beiden jungen Männer gewartet hatten. Als Ryan nun ebenfalls zur Tür hinausging und die Männer zurückließ, blickten die meisten Kollegen in eine andere Richtung, weil sie den zurückgewiesenen Detectives nicht in die Augen schauen wollten.

Ryan holte seinen Partner in der Garage unterhalb des Polizeigebäudes wieder ein. Hierher brachten sie ihre Verhafteten. In Handschellen ließen sie sie aus den Wagen aussteigen und führten sie zu einem der drei Fahrstühle, die sich in der Mitte der Garage befanden. Egal, wo ein Polizist seinen Wagen parkte, er hatte es nie weit, um seinen Gefangenen abzuliefern. In der Garage waren zu jeder Zeit zwei uniformierte Polizisten stationiert, um den Kollegen zu helfen, falls Hilfe nötig war. Die Garage war außerdem ein guter Ort für die Polizisten, um die Gefangenen zusammenzuschlagen, ohne daß es jemand sah. Die Wachtposten in der Garage fielen niemals einem anderen Polizisten in den Rücken, egal wie brutal er einen gefesselten Gefangenen auch behandeln mochte.

»Du hättest die beiden ruhig mitnehmen können, Ryan«, sagte Benson, während seine Finger ungeduldig gegen das Lenkrad trommelten.

Ryan schüttelte den Kopf, als Benson aus der Garage fuhr. »Nee, Ben, stimmt schon, was du sagst. Wozu in aller Welt brauchen wir Hilfe. Sind ja nur schließlich zwei Mistkerle, hinter denen wir her sind.«

Benson wußte, daß Ryan log, und er wußte auch, daß es falsch von ihm war, die Hilfe der beiden Kollegen zurückzuweisen. Sie waren auf dem Weg, Billy Good und seinen Partner Jackie Walker zu verhaften. Beide Männer galten als professionelle Killer, und in so einem Fall nahm man immer Verstärkung mit. Benson wußte, daß er es sich nie verzeihen würde, falls Ryan etwas zustieß, nur weil er, Benson, verärgert gehandelt hatte. Er schaltete das Funkgerät ein, gab die Adresse durch, zu der sie unterwegs waren, und forderte einen normalen Streifenwagen zur Verstärkung an, was ihm ein Gefühl tiefer Befriedigung gab. Er wußte, daß die beiden jüngeren Detectives davon erfahren würden, und hoffentlich war ihnen klar, warum man die Hilfe zweier uniformierter Polizisten anforderte, während man ihnen die Ehre verweigert hatte.

Ryan blickte nur geradeaus. Er wußte, was sein Partner getan hatte, und ihm war klar, daß es den Stolz der beiden jüngeren Detectives zutiefst verletzen würde. So wie die Dinge standen, war Benson nicht gerade der beliebteste Detective im Morddezernat. Und sobald das hier die Runde machte – was mit Sicherheit der Fall war –, würde er noch weniger beliebt sein.

»Glaubst du, daß uns die Typen irgendwelchen Ärger machen?« fragte Ryan, als sie den Freeway in Richtung Clay Avenue verließen und links abbogen.

Benson zuckte wie immer mit den Schultern. »Ich hab nicht drüber nachgedacht. Aber wie auch immer, leicht wird's bestimmt nicht«, antwortete er kühl.

Und noch während die Polizisten acht Blocks von ihrem Ziel entfernt den Freeway verließen, fanden Ereignisse statt, die das Leben der beiden Detectives verändern sollten.

Billy Good parkte den Wagen vor dem Haus, in dem er und Jackie ihre Wohnung hatten. Jackie küßte seine Freundin Carol zum wiederholten Mal, bevor er ausstieg. Sie waren gerade von Kenyattas Farm gekommen, wo sie die letzte Woche verbracht hatten. Seitdem sie den Mordanschlag auf Kingfishers Dopedealer, Little David, verübt hatten, waren sie eine Weile untergetaucht, Billy, der den ganzen Weg zurück in die Stadt am Lenkrad gesessen hatte, reckte seine Arme und streichelte dann Joys Nacken. Die große schwarze Schönheit neben ihm lächelte zufrieden. Joy hatte endlich einen Mann gefunden, den sie wirklich lieben konnte. Dieser kurze, stämmige braunhäutige Mann sah zwar nicht aus wie der Liebhaber ihrer Träume, aber er hatte bewiesen, daß er mehr als ein ebenbürtiger Partner war. Sie hatte keine Befürchtungen, wenn sie mit ihm zusammen war. Das war eine neue, äußerst erfreuliche Erfahrung. Die Männer in ihrer Vergangenheit hatten sich immer auf sie verlassen, meistens in finanzieller Hinsicht. Jetzt hatte sie einen Mann, dem es egal war, wieviel Geld sie verdienen konnte. Er liebte sie um ihrer selbst willen.

Dies war das erste Mal, daß Billy sie mit in seine Wohnung nahm. Sie war Billy gerade erst begegnet, nachdem Kenyatta ihn mit auf die Farm gebracht und ihm und Jackie zu Ehren eine Party veranstaltet hatte. Sie lächelte süffisant vor sich hin, als sie an die erste Nacht in Billys Armen dachte. Was für eine Nacht! Bis zum Morgengrauen hatten sie sich geliebt, und dann konnte sie nicht richtig einschlafen, weil sie Angst hatte, aufzuwachen und festzustellen, daß alles nur ein Traum war.

Carol und Jackie stiegen zuerst aus und warteten auf dem Gehsteig auf Billy. Da Jackie über ein Meter neunzig war und Carol nur einsfünfzig, gaben sie ein komisches Paar ab.

Joy hatte sich schon zu den beiden auf den Gehsteig gesellt, als Billy grinsend um den Wagen herumkam. Keines der beiden Pärchen schenkte den gutgekleideten Männern, die aus dem schwarzen Cadillac gestiegen waren und jetzt auf sie zukamen, größere Aufmerksamkeit. Die erste Warnung kam, als sich die Männer ein gutes Stück genähert hatten und Jackie merkte, wie einer das Jackett öffnete und etwas hervorzog, das aussah wie ein kurzes Eisenrohr. Noch bevor er reagieren konnte, wurde ihm klar, daß es sich um eine abgesägte Schrotflinte handelte. Von Panik erfüllt, stieß er einen Warnschrei aus.

»Paß auf, Billy, die haben Schrotflinten!« Der Klang seiner Stimme war noch nicht ganz verhallt, als die Nachmittagsruhe durch das laute Getöse krachender Gewehrschüsse erschüttert wurde.

Joy war gerade dabei, ihr zukünftiges Heim von außen zu bewundern, als sie durch einen Schuß zu Boden geschleudert wurde. Sie hatten ihr den halben Nacken weggeschossen. Billy war über und über mit dem Blut seiner Geliebten bespritzt. Er schrie. Es war ein Todesschrei voller Haß und Verzweiflung, während er in einer wilden Bewegung nach seinem Schulterholster griff. Eine ungeahnte Kraft hielt ihn auf den Füßen, als ihn die erste Salve oben in die Brust traf. Er stolperte rückwärts gegen den Wagen, schaffte es irgendwie, seine Waffe aus dem verdeckten Holster zu ziehen. Doch sie nützte ihm nichts mehr. Er starb mit der Waffe in der Hand.

Carols Schreie erschütterten die Stille zwischen den Gewehrsalven, als sie sah, wie Jackie sich krümmte. Während er stürzte, schien sein langer Körper in sich zusammenzufallen, bis er mit dem Gesicht auf den harten Asphalt schlug. Ihre Schreie verstummten abrupt, als ihr halbes Gesicht weggerissen wurde. Sie war tot, bevor sie den kalten Boden berührte.

Schwarze Gesichter spähten aus den Fenstern der benachbarten Häuser, aber keiner kam den bedrängten Paaren zu Hilfe. Das Blut floß in Strömen vom Gehsteig in den Rinnstein, als die leblosen Körper von vier jungen schwarzen Menschen im Dreck und in der Hoffnungslosigkeit einer leidgeprüften Gegend liegenblieben.

Ein paar Meter weiter fuhr ein langer, schwarzer Cadillac voller farbiger Männer, deren Geschäft das Morden war, vom Straßenrand los. Kaum daß die Detectives Benson und Ryan in die Straße bogen, verschwand der schwarze Wagen um die Ecke.

Benson trat sofort auf die Bremse und stoppte direkt neben dem Blutbad. Der Streifenwagen, den sie zur Verstärkung angefordert hatten, näherte sich vom anderen Ende der Straße, nachdem er um dieselbe Ecke gebogen war wie der schwarze Cadillac.

Benson ging vom einen leblosen Körper zum nächsten und untersuchte die Toten. Als er bei Jackies langem Körper angekommen war, meinte er, ein Stöhnen gehört zu haben, doch als er das viele Blut sah, hielt er es nur für Einbildung. Dennoch kniete er nieder, hob den blutigen Kopf hoch und hielt Jackie im Arm, als wäre er ein geliebter Freund gewesen.

»Ich glaub, der hier ist noch unter uns«, brüllte er, als Ryan auf ihn zukam.

Ryan zuckte bei dem Anblick zusammen. Er hatte schon etliche Morde gesehen, aber wenn Schrotflinten benutzt wurden, war es immer furchtbar. Und diesmal war es noch schlimmer. Zum ersten Mal in seinem Leben sah er Frauen, die auf diese gemeine Weise niedergeschossen worden waren.

Ryan stand neben seinem Partner und rief den uniformierten Polizisten, der sofort mit der Waffe in der Hand herbeigeeilt kam. »Ruf einen Krankenwagen«, befahl er barsch, wobei seine Stimme fast versagte.

Als er sich nach dem anderen uniformierten Kollegen umblickte, sah Ryan, wie der junge schwarze Polizist vornübergebeugt am Wagen lehnte und sein Mittagessen erbrach. Beim Anblick des kotzenden Mannes hätte Ryan fast dasselbe getan.

Benson stand auf. »Er kann den Anruf vergessen, wir brauchen keinen Krankenwagen. Wir brauchen bloß noch den Schaschlikwagen.« Er ging weg, ohne sich um das Blut auf seinem neuen blauen Anzug zu kümmern.

2

Das Privatbüro im hinteren Teil von Kenyattas Club war voller Mitglieder. Ali hatte die wichtigsten Leute von der Farm mitgebracht, und alle drängten in das Büro. Im vorderen Clubraum hatten sich die weniger wichtigen Mitglieder der Organisation versammelt. Alle Gespräche drehten sich um den Mord an Billy und Joy, wobei Jackie und Carol nur am Rande erwähnt wurden. Joy und Billy waren unter den Mitgliedern besser bekannt als die anderen beiden. Obwohl der Mord in aller Munde war, wollten oder konnten die jungen Leute es einfach nicht glauben.

Die Männer sprachen laut von Vergeltung und von der Strafe, die sich Kenyatta für das Unrecht, das den beiden angetan worden war, ausdenken würde. Obwohl Billy und Jackie nicht zur Organisation gehört hatten, waren doch ihre beiden Frauen feste Mitglieder gewesen. Darüber hinaus war Joy mit Kenyattas Lady verwandt, also wußten sie, daß er etwas unternehmen würde.

Und noch während sie einander zuflüsterten, lief Kenyatta in seinem Büro auf und ab. »Es muß ein Akt der Vergeltung sein, Ali«, entschied Kenyatta, während er vor dem großen, kahlköpfigen Mann stehenblieb.« »Wie man die Sache auch dreht und wendet, es kommt immer das gleiche raus. Dieser gottverdammte Kingfisher steckt hinter diesem Mist. Ich wett mein Ticket zur Hölle, daß er die Jagd auf Billy und die andern freigegeben hat, weil die seinen Pusher Little David umgebracht haben.«

Betty erhob sich von dem harten Holzstuhl, auf dem sie im hinteren Teil des Büros gesessen hatte. Die hübsche Frau ging gemessenen Schrittes auf ihren Mann zu und blieb stehen. »Aber warum haben sie Joy umgebracht, Honey, warum nur? Sie hatte mit dem Mord an Little David nix zu tun. Sie war zu der Zeit nich mal in der Stadt.« Tränen strömten über ihre Wangen, als sie weitersprach. »Geht mir einfach nich aus dem Kopf, daß es meine Schuld is, daß Joy umgebracht wurde.«

»Jetzt hör mal, Baby«, sagte Kenyatta sanft, während er ihren Arm nahm und sie an sich zog. Er hielt sie fest in seinen Armen und streichelte zärtlich über ihr Haar. »Solche Gedanken mußt de dir ganz schnell aus dem Kopf vertreiben«, sagte er, während er sie liebevoll zu dem großen Sessel hinter seinem Schreibtisch führte.

»Aber es stimmt doch, Ken«, fuhr sie fort. »Wenn ich sie Billy nich vorgestellt hätte, wär das alles nich passiert. Sie wär nich bei ihm gewesen, als er in die Stadt zurückkam, also wär sie auch nich umgebracht worden.«

»Honey«, flüsterte Kenyatta, »so was darfst du nich denken. So wie sich die beiden ineinander verliebt haben, hätte's gar nich anders kommen können. Ich meine, die hätten sich so oder so kennengelernt. Nachdem wir zurück in die Stadt sind, is er draußen auf der Farm geblieben, also wären sie sich früher oder später begegnet, egal, was du getan hast.« Bevor sie etwas sagen konnte, fuhr er fort: »Wenn du's so siehst, Betty, dann kannst du mich dafür verantwortlich machen, denn wenn ich nich die Party gegeben hätte, wär das alles nich passiert.«

Betty starrte zu dem großen, schwarzen Mann auf, den sie so sehr liebte. Er gab ihr Kraft, und in dem Moment konnte sie alle Kraft gebrauchen, die er ausstrahlte. Seine Worte vertrieben ihre Zweifel und Ängste.

Sie ließ es zu, daß er sie sanft in den Schreibtischsessel drückte. »Wenn du redest, Honey, ergibt alles 'nen Sinn, aber wenn ich allein drüber nachdenke, seh ich immer wieder bei mir den Grund für ihren Tod.«

»Na, dann denk eben nich nach«, sagte Kenyatta, während er die anderen im Raum ignorierte. Er hatte von den vielen Leuten sowieso genug, aber er wollte sie noch nicht entlassen. Er würde einige von ihnen brauchen, sobald ihn die nötigen Informationen erreichten, also mußte er sich für eine Weile mit dem Haufen abfinden.

»Er hat mit Sicherheit recht, Kleine«, sagte Ali, der über den Schreibtisch langte und sich eine von Kenyattas Zigaretten nahm. »So wie die beiden rumgemacht haben, stand das einfach in den Karten, das is alles.«

Sie sah zu den beiden Männern hoch. Sie waren sich so ähnlich, und das nicht nur, weil sie beide einen kahlen Schädel hatten. Beide waren große, dunkelhäutige Männer, doch während Kenyatta einen Bart und einen buschigen Schnäuzer trug, hatte Ali nur einen schmal getrimmten Oberlippenbart. Ali war auch ein Stückchen größer als Kenyatta, obwohl beide Männer über einsachtzig maßen.

Kenyatta hob seine Hände und bat um Ruhe, dann sprach er zu der Gruppe von Leuten in seinem Büro. »Freunde, ich möchte, daß ihr und die paar Damen hier nach oben oder in den vorderen Raum gehen, bis Ali und ich uns was ausgedacht haben. Nicht, daß ich euch nich vertraue, meine Brüder und Schwestern, ich hab auch keine Geheimnisse vor euch, es is nur so, daß hier im Moment zu viele Leute im Büro sind. Wir können nich mal unsere eigenen Gedanken hören, also geht nach oben und amüsiert euch. Ich ruf diejenigen, die ich brauche, dann runter.«

Er wartete, bis sich die meisten Leute zur Tür hinausgedrängt hatten und winkte dann Betty zurück, die sich ebenfalls gerade erheben wollte. »Ich sag dir, was du machen kannst, Betty. Mix mir und Ali 'nen schönen kalten Drink und dann komm wieder runter.«

Sie lächelte ihn an, als sie aufstand, um seinen Vorschlag zu folgen. Beide Männer sahen der attraktiven schwarzen Frau hinterher, als sie das Büro durchquerte. Der dicke dunkelbraune Teppichboden dämpfte den Klang ihrer hochhackigen Schuhe, aber nichts verdeckte den Blick auf die wohlgeformten schwarzen Schenkel, die für jedermann sichtbar unter ihrem Minirock hervorschimmerten. Der winzige rote Rock schob sich mit jedem Schritt nach oben, was Ali dazu veranlaßte, ihr einen langen, bewundernden Blick hinterherzuwerfen. Beide Männer schwiegen, bis die Tür hinter Betty ins Schloß gefallen war. Sie war die letzte, die das Büro verließ.

Ali stieß einen kurzen Pfiff aus. »Ich muß zugeben, daß sie 'ne echte Show is.«

Kenyatta schien seine Bemerkung nicht einmal gehört zu haben. Der dunkle, gutaussehende Mann schlenderte zum hinteren Teil des Büros und starrte aus dem Fenster. Ein paar Minuten verharrte er in Schweigen. »Ali, es ist genau so, wie ich gesagt habe. Es gibt nur eine Person, die für dieses Chaos verantwortlich is, und das is dieser Nigger Kingfisher. Ich will ihn. Ich will ihn so sehr, daß ich's schon auf der Zunge schmecken kann. Über die Hälfte aller Drogen im Getto gehn auf die Kappe von dem Nigger, Ali. Über die Hälfte dieses ganzen verdammten Gifts, das in den Venen dieser dämlichen Junkies landet.«

Ali hatte sich an die Art seines Partners gewöhnt und verhielt sich deshalb ruhig und abwartend. Kenyatta fuhr leise fort: »Wir wollten das Büro für die Essensmarken ausheben. Deswegen is Billy überhaupt in die Stadt zurückgekommen. Ich hab ihn angerufen und gesagt, daß er seinen Arsch in Bewegung setzen soll, wenn er bei dem Überfall mitmachen will.« Er hielt inne, als sei er tief in Gedanken, und fügte dann hinzu: »Und dann haben ihn die Nigger abgeknallt. Er muß grade erst vor seinem Haus angekommen sein, als die Schweinehunde alle vier niedergemacht haben.«

Als er sprach, schimmerten tatsächlich Tränen in seinen Augen. Ali blickte weg, damit Kenyatta nicht merkte, daß er es gesehen hatte. Ali wußte, daß Kenyatta über den Mord an ihren Freunden erschüttert war, doch er hatte keine Ahnung gehabt, wie sehr der Mann tatsächlich darunter litt. Ali hingegen wurde spielend damit fertig. Da haben die also zwei Killer samt ihren Bräuten umgenietet, na und? So was kann nun mal passieren, wenn man in der großen Liga mitmischt.

»Ich hatte einen Anruf«, begann Kenyatta, der jetzt das Thema wechselte. »Von meinem weißen Jungen, der die Liste für uns klarmacht. Er hat sie fertig, und alles, was wir jetzt brauchen, ist die Knete, die ich ihm dafür versprochen hab.«

Das war auch etwas, mit dem Ali nicht einverstanden war. Es ergab einfach keinen Sinn, soviel Geld für eine Liste mit den Namen von Dopedealern auszugeben, selbst wenn es die größten Dealer der Stadt waren. Der Gedanke, zehntausend Dollar für ein Stück Papier mit Namen zu verschwenden, war einfach zuviel für Ali. Manchmal wünschte er, selbst der Boss zu sein. Dann würde er die Organisation anders führen. Es war eine gute Idee, den Tod aller Dopedealer zu predigen, doch es wäre noch lohnender, den Pushern Schutzgelder abzuverlangen. Aber davon wollte Kenyatta nichts hören. Er meinte es wirklich ernst, wenn er diesen Mist predigte und davon sprach, die Gettos zu säubern. Wenn er es nicht ernst meinte, dann würde er nicht seine Zeit damit verschwenden, Bullen umzubringen, die den schwarzen Brüdern das Leben schwer machten. Jedesmal, wenn sie von einem niggerhassenden Bullen erfuhren, fing

Kenyatta an zu planen, wie man ihn am besten zur Hölle schikken konnte.

»Hast du immer noch vor, diesem Faß das ganze Geld für die Liste zu zahlen, Kenyatta?«

»Hmm, daran hat sich nix geändert. Warum auch?« Kenyatta wandte sich vom Fenster ab. »Du kannst dich immer noch nich mit dem Gedanken abfinden, so viel Knete für die Namen zu zahlen, was?« Er wartete und fuhr dann fort, bevor Ali etwas antworten konnte. »Ich begreif nich, warum's dir so schwerfällt, das zu verstehn. Ali, wenn wir den ersten Pusher erledigen, müßten wir in der Lage sein, mehr Geld abzustauben, als ich für die Liste bezahlt hab. Mann, all diese Schweine auf der Liste gehören zu den ganz Großen, und ich mein wirklich groß. Das sind die Scheißkerle, die die ganze verdammte Stadt mit Dope versorgen, Ali. Das sind nich irgendwelche kleinen Straßenpusher, Mann, die sind das, was man als internationale Drogenhändler bezeichnen kann. Fast hinter jedem Namen auf dieser Liste steckt ein Weißarsch, Baby, also kannst du dir vorstellen, was für Summen die in ihren Buden rumliegen haben.«

Wie bei einer Kraftprobe starrten sich die beiden Männer eine Minute lang in die Augen. Schließlich mußte Ali den Blick abwenden. Kenyattas Augen hatten etwas Fanatisches. Er überlegte, ob der Mann verrückt war.

»Klar, Mann, was du sagst, klingt gut«, begann Ali. »Aber wahrscheinlich is es 'n bißchen schwieriger, als du dir das vorstellst. Diese Kalknasen haben ihre scheiß Grundstücke voller Wächter. Wenn die so einfach abzuknallen wären, dann hätt's schon jemand vor dir getan.«

»Das ist das gottverdammte Problem mit schwarzen Männern«, stellte Kenyatta kühl fest. »Ihr breitärschigen schwarzen Brüder seid immer schnell dabei, wenn's drum geht, 'nem schwarzen Dealer die Birne wegzublasen, aber wenn's Zeit ist, den Weißärschen auf die Füße zu treten, dann scheißt ihr euch in die Hosen!« Kenyatta ging auf Ali zu und starrte ihm direkt in die Augen. »Ich weiß verdammt gut, was du denkst, noch bevor du den Gedanken zu Ende gedacht hast. Ali, und daß du mir das ja nie vergißt. Ich weiß, wie scharf du drauf bist, die Nummer eins in diesem Verein zu sein, aber es würde nich funktionieren. Sie würden nich eine Minute lang hinter dir stehn. Du denkst kleingeistig, und du wirst immer ein Kleingeist bleiben.« Kenyattas Stimme wurde lauter. »Wenn du glaubst, daß ich lüge, dann guck doch mal in den Spiegel. Als ich davon geredet hab, die reichen Weißärsche umzunieten, is dein Gesicht fast dunkelrot angelaufen, und das is eine verdammte Leistung für einen Schwarzarschnigger wie dich!«

Zum zweiten Mal innerhalb der letzten zehn Minuten war Ali nicht in der Lage, Kenyatta in die Augen zu sehen. Diesmal gab es jedoch einen anderen Grund dafür. Er starrte auf den Boden und schämte sich seiner Gefühle.

»Es is ganz und gar nich so, wie du denkst, Kenyatta. Ich seh nur einfach die Fakten, Mann. An die Weißärsche, von denen du sprichst, is nich leicht ranzukommen. Die lassen 'n schwarzes Gesicht nich mal in die Gegend, in der sie wohnen. Deswegen sag ich auch, daß wir keine Chance haben, die Kalkärsche umzulegen.«

»An jedem scheiß Tag spazieren Nigger in Banken rein und rauben sie aus, Ali, also warum sollte es für einen schwarzen Mann so schwer sein, sich einen Weg auszudenken, wie er irgendeinen gottverdammten Weißarsch erledigen kann, der in einer Gegend wohnt, wo sie keine schwarzen Nachbarn haben wollen. Wir haben ein paar hellhäutige Schwarze in unserer Organisation, und wenn die Zeit gekommen is, einigen dieser Anwesen einen Besuch abzustatten, dann werden die das eben übernehmen.«

Ein leichtes Klopfen ertönte an der Tür, und Betty betrat das Büro mit einem Tablett in der Hand. Die Männer nahmen schweigend ihre Drinks entgegen.

Sie machte kehrt, um das Büro wieder zu verlassen, aber Kenyatta hielt sie auf. »Warte mal, Honey, das hier wird dich interessieren«, sagte er, während er seine Schreibtischschublade öffnete. »Ich wollte am Ersten dieses Monats die Ausgabestelle für die Essensmarken ausheben, aber da der Erste vorbei is, müssen wir uns mit den Wochenendeinnahmen begnügen.« Er breitete einen Grundriß auf dem Tisch aus. »Das is der Laden. Morgen schicken wir ein paar Leute rüber, um das Ding zu drehen.«

Ali öffnete verblüfft den Mund. Das war der Grund, warum die Leute Kenyatta folgten. Wenn er es sich in den Kopf gesetzt hatte, etwas zu tun, dann tat er es richtig.

3

Der Fahrer des Panzerwagens fluchte, als er vor dem Gebäude vorfuhr, in dem sich die Ausgabestelle für die Essensmarken befand. Eine große, schwarze Frau stand vor einem Wagen, dessen Motorhaube geöffnet war. Sie beobachtete genau, wie der Fahrer zwei Autos weiter in eine Parklücke fuhr.

Sobald er den Transporter geparkt hatte und die beiden Sicherheitsbeamten ausgestiegen waren, ließ die große Frau die Motorhaube ihres Wagens zuschlagen. Sie setzte sich ans Lenkrad und beobachtete, wie die beiden Männer die Ausgabestelle betraten.

In der Schalterhalle schienen eine Menge Leute herumzulaufen, doch nachdem man sich an die Dunkelheit gewöhnt hatte, konnte man feststellen, daß sie in etlichen Schlangen standen. Am Ende jeder Schlange befand sich ein Fenster, hinter dem eine Kassiererin saß. Vor jedem Fenster waren Gitterstäbe angebracht, und unterhalb dieser Gitterstäbe befand sich ein Schlitz, der so groß war, daß ein Mensch hindurchkriegen konnte.

In der Halle stand ein Wachposten, und als die beiden Sicherheitsbeamten das Gebäude betraten, ging er sofort zu ihnen hin.

Eine niedrige hölzerne Schwingtür führte auf die andere Seite der Abtrennung, wo die Kassiererinnen arbeiteten. Die Sicherheitsbeamten scherzten mit dem Wachposten herum, und als die drei den hinteren Teil betraten, kam der Manager aus seinem Büro und gesellte sich zu ihnen.

Sie begannen mit dem Schalter, der am weitesten vom Eingang entfernt war. Die Frau mußte ihre Schaltertür erst von innen aufschließen, damit die Männer eintreten konnten. Der Innenraum glich einem begehbaren Schrank und war mit Regalen rund um einen kleinen Stahltresor ausgestattet. Jedesmal, wenn ein Kunde seine Essensmarken kaufte, wurde das Geld in einen Umschlag gesteckt, der Umschlag versiegelt und sodann in dem kleinen Tresor deponiert. Dort blieb das Geld so lange, bis es zweimal wöchentlich von dem Geldtransporter abgeholt wurde.

Nachdem der Manager den kleinen Schalterraum betreten hatte, zog er einen großen Schlüsselring hervor und steckte einen Schlüssel in eins der beiden Schlösser des Tresors. Danach trat einer der Sicherheitsbeamten vor und steckte einen Schlüssel in das zweite Schloß, dann erst sprang die Tür auf. Schnell stopfte der Sicherheitsbeamte das Geld in die Tasche, die sein Partner aufhielt. Es dauerte nicht lange, bis der kleine Tresor leer war. Schnell gingen sie zum nächsten Schalter und wiederholten die Prozedur. Schließlich kamen sie am letzten Schalter an.

Zusammen mit dem Inhalt des letzten Tresors hatten die Sicherheitsbeamten drei Geldtaschen gefüllt. Schweißperlen glänzten auf der Stirn des Sicherheitsbeamten mit dem Schlüssel. Er war ein stämmiger, rotgesichtiger Mann mit einem breiten Kiefer, einer schlecht sitzenden Uniform und einem riesigen Schmerbauch.

»Gottverdammte Hitze!« fluchte er, ohne daß ihm seine Profanität vor der schwarzen Kassiererin peinlich gewesen wäre. Der fette weiße Manager grinste ihn an. Sie waren beide vom selben Schlag.

»Ich weiß, wie das ist, und ich wünschte, ich könnte euch 'nen Drink anbieten«, sagte der Manager, als sie den Schalterraum verließen.

Wie aus dem Nichts tauchte plötzlich ein Schwarzer hinter der Absperrung auf. Bevor irgend jemand auf seine Anwesenheit reagieren konnte, erschien ein zweiter an seiner Seite. Beide Männer trugen dreiviertellange Sommermäntel. Während die beiden Männer von der verblüfften Gruppe angestarrt wurden, öffneten sie die Mäntel und präsentierten ihre abgesägten Schrotflinten.

»Was zum Teufel wollt ihr Typen hier abziehen?« brüllte der Manager verärgert.

Die Angst stand dem Manager ins Gesicht geschrieben, aber stärker als die Angst war seine Wut. Sein Gesicht lief dunkelrot an, als ihm das Blut in den Kopf stieg.

»Das laß ich nicht zu!« brüllte der Manager.

Anstatt sich in nutzlosen Flüchen zu ergehen, setzte sich der stämmige Sicherheitsbeamte in Bewegung. Er konnte einen Überfall nicht einfach schweigend hinnehmen. Es würde in seine Akte kommen, ein Schandfleck, den er nicht wollte und den er zu vermeiden wußte. In den zwanzig Jahren seiner Tätigkeit als Sicherheitsbeamter eines Geldtransporters hatte man ihm noch nie Geld geraubt. Vor fünf Jahren hatten sie es versucht, drei junge schwarze Teenager, aber er und sein Partner waren mit ihnen fertiggeworden. Sie hatten zwei der Jungs getötet und den dritten verletzt. Er dachte an die Schlagzeilen und die ganze Publicity. Ein paar Tage lang wurde er von der Öffentlichkeit als Held gefeiert, wurde jedes seiner Worte abgedruckt.

All das ging ihm durch den Kopf, als er seinen törichten Zug machte. Er machte einen Ausfallschritt zur Seite und versuchte, seine Waffe so schnell zu ziehen, wie er es immer geübt hatte. Doch er schaffte es nicht mehr, die große Pistole aus dem Halfter zu reißen.

Ein dritter Schwarzer trat vor die Gruppe, hob seine kurzläufige Schrotflinte und drückte ab. Der Abstand zwischen ihnen war weniger als zwei Meter. Der Schuß riß den Sicherheitsbeamten fast in zwei Teile. Er hob ihn von den Füßen und schleuderte ihn beinahe quer durch den Raum.

Dem zweiten Sicherheitsbeamten erging es nicht besser. Er machte seinen Zug fast im selben Moment wie sein Partner. Der zweite Schwarze in der Gruppe schoß ihm direkt ins Gesicht. Das Blut spritzte durch den Raum. Wo vorher Nase und Augen gewesen waren, klaffte jetzt nur noch ein riesiges Loch.

Das hätte eigentlich reichen müssen, tat es aber nicht. Ob der schwarze Wachposten aus Angst handelte oder aus dem Wunsch heraus, ein Held zu sein, wird man nie erfahren. Er versuchte, die Pistole aus dem Halfter zu befreien, und landete wie die anderen Männer am Boden. Verzweifelt drückte er seine Hand auf seinen Bauch in dem Versuch, die Eingeweide zurückzuhalten, die aus dem riesigen Loch hervorquollen.

Der Manager schien zu ahnen, was nun passieren würde, und begann langsam seinen Rückzug, wobei er mit jedem Schritt um Gnade flehte. »Nehmt das Geld«, schrie er. »Nehmt alles, aber tut mir nicht weh. Seht ihr«, schrie er, während er die Arme hochhob, »ich bin unbewaffnet. Ihr habt nichts von mir zu befürchten. Seht ihr?« Er reckte seine Arme noch höher.

Während er um sein Leben winselte, rannte einer der schwarzen Männer an den anderen vorbei zum hinteren Teil des Gebäudes. Er kam fast sofort wieder zurück. »Wir brauchen ein Schlüssel für die Tür«, brüllte er.

Angstschreie ertönten aus der Menge der überwiegend schwarzen Menschen im vorderen Teil des Gebäudes. Der Schwarze, der mit seiner Schrotflinte vor dem Eingang stand, hatte inzwischen Schwierigkeiten, einige in Panik geratene Frauen zurückzuhalten. »Bleibt zurück!« brüllte er sie laut an. Der Lärm der Schüsse hatte sie in rasende Angst versetzt. Sie drückten und schoben von hinten, bis die Vorderen gezwungen waren, nachzugeben.

Der Posten an der Tür traf sofort eine Entscheidung. Er wollte keine unschuldigen Leute niederschießen, also trat er zur Seite. »Okay«, schrie er, »macht, daß ihr rauskommt!« Das Getrampel begann. Die Frauen rannten zur Tür, wobei sie sich in ihrer Hast, ins Freie zu kommen, gegenseitig aus dem Weg schubsten.

Einige von ihnen hatten Pech. Manche älteren Frauen stürzten, und die verschreckte Meute trampelte einfach über sie hinweg. Dann schubste jemand eine völlig verängstigte Frau beiseite. Die Frau fiel über einen schmalen, thekenartigen Sims, der die Leute von der Fensterfront trennte. Andere folgten ihr, und in wenigen Sekunden wurde eine ganze Gruppe von Leuten ein paar Zentimeter von der Glasscheibe entfernt gegen den Sims gedrückt. Ein weiterer Schuß dröhnte durch die Halle und verursachte ein noch größeres Chaos. Diesmal konnten die Leute vor der Fensterscheibe dem Druck von hinten nicht mehr standhalten. Die ersten brachen durch das Glas. Jeder schrie vor Entsetzen.

»Wir brauchen den Schlüssel für die Hintertür«, brüllte einer der Schwarzen den Manager an.

»Hier, hier ist er«, schrie der verängstigte Mann, während er den Schlüsselring von der kurzen Kette riß. »Da, nehmt ihn«, schrie er und schubste den Schlüsselring mit dem Fuß in seine Richtung.

Einer der Männer schnappte sich die Schlüssel und rannte zur Hintertür. Ein zweiter griff sich die Geldtaschen und folgte ihm. Der dritte Gangster zögerte. Er hielt seine Waffe auf den Manager gerichtet, bis ihr vierter Mann angerannt kam.

»Paß mal 'ne Sekunde auf ihn auf«, befahl er ihm und rannte dann ebenfalls zum hinteren Teil des Gebäudes. Der vierte Gangster, der die Menge von der Eingangstür ferngehalten hatte, warf einen Blick auf die Toten, die am Boden lagen.

»Scheiße!« fluchte er und richtete seine Waffe auf den Manager.

Der Manager sah seinen Tod in den kalten, schwarzen Augen des Mannes. »Bitte«, flehte er, »bitte, ich habe Frau und Kin . . .«

Der Knall der abgesägten Schrotflinte wurde nur durch die Schreie der Frauen übertönt. Die Kassiererinnen kauerten in ihren Schalterräumen und schrien angesichts der Todesszenen um sie herum.

Der Manager spürte einen explodierenden Schmerz in seiner Brust. Durch die Wucht des Einschlags taumelte er rückwärts gegen die Wand. Er spürte den rasenden Schmerz, und nur die alles umhüllende Schwärze hielt ihn davon ab, wie eine Frau aufzuheulen. Die blutbespritzte Wand hielt ihn eine Zeitlang auf den Füßen, aber dann wich die letzte Kraft aus seinen Beinen, und er brach zusammen und glitt zu Boden.

Nachdem der Mörder seinen Partnern gefolgt war, standen die Kassiererinnen vom Boden auf und flohen. Sie hatten Angst, daß die Killer zurückkommen würden.

Bevor der flüchtende Killer die Hintertür erreichte, kam ihm der Mann entgegen, der ihm befohlen hatte, auf den Manager aufzupassen. »Was hast du mit dem Manager gemacht?« fragte er schnell.

»Umgebracht«, kam die ehrliche Antwort.

»Dann komm. Wir ham die Hintertür offen«, keuchte er und machte auf dem Absatz kehrt, um den anderen zur Tür zu führen. Der andere rannte an ihm vorbei. Jetzt dominierte die Angst in den Herzen der Killer.

»Wetz dir das Blei aus dem Arsch, Red«, schrie der Mann über seine Schulter zurück. »Die scheiß Bullen können jederzeit den Laden stürmen.«

Der Mann namens Red antwortete gar nicht erst, sondern folgte seinem fliehenden Partner dicht auf den Fersen. Als sie die Zufahrt erreichten, wartete dasselbe Auto auf sie, das zuvor mit offener Motorhaube vor dem Gebäude gestanden hatte.

Betty saß ungeduldig am Lenkrad. Sie ließ den Motor aufheulen, als die letzten Männer aus dem Gebäude kamen. Sie waren kaum eingestiegen, als sie auf das Gaspedal trat und lospreschte. Das Knirschen der aufgewirbelten Kieselsteine unter den rotierenden Reifen war das einzige Geräusch, das die Gruppe im Wagen hörte, als sie vom Tatort floh. Die Zufahrt endete vor einer kleinen Seitengasse, und nachdem Betty links abgebogen war, fuhren sie ungehindert die lange, leere Seitenstraße hinunter. Betty verlangsamte den Wagen und fuhr jetzt in gemäßigtem Tempo weiter. Als sie eine leere Garage passierten, kamen zwei Jungs heraus und plazierten vier Mülltonnen quer über die Straße. Falls es eine Verfolgung gäbe, würden die Insassen der nächsten Wagen aussteigen und das Hindernis beseitigen müssen.

Betty lächelte, während sie sah, wie die Mülltonnen im Rückspiegel immer kleiner wurden. Kenyatta dachte an alles, reflektierte sie und fuhr noch langsamer. Der kurze Anblick der Jungs, die ihnen den Rücken deckten, erfüllte sie mit einer Zuversicht, die sie zuvor nicht gespürt hatte. Als sie gehört hatte, wie in dem Gebäude die ersten Schüsse fielen, hatte sie sofort an Flucht gedacht. Es war ihr schrecklich schwergefallen, gegen diesen Wunsch anzukämpfen. Wahrscheinlich waren sie drinnen geschnappt worden. Welchen Grund gäbe es sonst für die Schießerei, fragte sie sich.

Sie erreichte das Ende der Gasse und hielt an. Sie blickte in beide Richtungen, bevor sie den Wagen in den Verkehr lenkte. Als sie an der nächsten Kreuzung ankamen, raste ein Streifenwagen an ihnen vorbei in Richtung Grand River Avenue. Sie wartete, bis der Polizeiwagen die Kreuzung vor ihnen passiert hatte.

»Die müssen's aber eilig ham«, bemerkte jemand vom Rücksitz.

Die Worte, die das Schweigen brachen, trugen auch dazu bei, die Spannung aufzuheben. Der Rest der Gruppe brach in schallendes Gelächter aus.

»Verdammt, Eddie-Bee«, keuchte Red, während er sich den Bauch hielt. »Mann, du bringst's fertig und landest noch 'n Lacher auf dem Weg zur Hölle.«

Der schlaksige, braunhäutige Mann namens Eddie-Bee grinste. Er fühlte sich gut, wenn er die Leute zum Lachen brachte. Den Clown zu spielen war eines der wenigen Dinge, die ihm im Leben Spaß machten.

Betty warf Red, der auf dem Beifahrersitz saß, einen Blick zu. »Wie is alles gelaufen?« fragte sie ruhig.

»Weißt du, ich hab diese verdammten Schüsse gehört und bin gespannt wie ein Flitzbogen. Ihr habt ganz schön rumgeballert.«

»Worauf du dein Arsch wetten kannst«, antwortete Red. »Jedenfalls genug, um dich neugierig zu machen.« Er hielt inne und drehte sich auf dem Sitz nach hinten. »Unser guter Zeke hier hat den Ball ins Rollen gebracht«, erzählte er. »Das dämliche Arschloch von 'nem Sicherheitsbeamten wollte seine Pistole ziehen, und da hat Zeke ihn zu seim Schöpfer geschickt.«

Der große, schlanke braunhäutige Mann, von dem die Rede war, rutschte nervös auf dem Rücksitz hin und her.

»Hör zu, Bruder«, begann er langsam. »Ich hab nix dagegen, wenn Betty Bescheid weiß, denn sie war ja bei dem Überfall mit dabei. Aber wenn das hier vorbei is, dann halten wir besser die Klappe von wegen, wer wen abgeknallt hat, okay?« sagte er ernsthaft. »Ich weiß, daß ich nix zu befürchten hab, weil so gut wie jeder von uns da drinnen jemand abgeknallt hat, aber wenn wir wieder im Club sind, finde ich, sollten wir nich drüber sprechen, wer wen umgebracht hat.«

»Ich bin seiner Meinung«, bemerkte der kurze, plumpe Mann, der zwischen Eddie-Bee und Zeke auf dem Rücksitz saß. »Da drin hat's zu viel Blutvergießen gegeben, als daß wir drüber reden sollten. So 'ne Sache läßt man besser unerwähnt.«

»Mach dir keine Sorgen, Charles«, sagte Red beiläufig. »Obwohl jeder im Club echt cool is, find ich's besser, nich drüber zu reden. Ich geh sogar so weit und sage, daß wir nich mal unsere Beteiligung an dem Überfall erwähnen sollten. Einfach bloß dabeigewesen zu sein reicht für 'n Ausflug in Bau.«

Jeder im Wagen stimmte mit Red überein. Robert, der Mann, der so schnell an Red vorbeigerannt war, lachte kurz auf. »Scheiße, Red, so langsam, wie du dein Arsch bewegt hast, hätt man meinen können, daß du's drauf anlegst, eingebuchtet zu werden. Du weißt ja, was sie sagen: Wenn ein Typ erst mal so viel Zeit in Jackson verbracht hat wie du, wird er bis zu einem Grad institutionalisiert, daß er das Leben da drin echt vermißt.«

Red lachte mit dem Rest der Gruppe. »Nee, Baby, aber mit dir um die Wette zu laufen, um zu sehn, wer's als erster schafft, wär auch nich cool gewesen. Und daß du an mir vorbeigerannt bist, war auch nich das Coolste von der Welt.«

Robert wollte ihm widersprechen, aber Red schnitt ihm das Wort ab. »Kenyatta hat mich gebeten, bis zu einem gewissen Grad die Verantwortung zu übernehmen, weißte, und da hab ich's als meine Pflicht empfunden, dafür zu sorgen, daß alles klargeht. Du hast doch wohl nich vergessen, daß ich grade zurückwollte, um dich zu holen, oder Robert?«

Einen Augenblick lang stierte Robert verlegen vor sich hin, dann gewann seine Schlagfertigkeit wieder die Oberhand. »Klar weiß ich das, aber du hast hoffentlich auch nich vergessen, daß du mir befohlen hast, dazubleiben und diesen fettärschigen Bankier im Auge zu behalten.«

»Gottverdammt«, brüllte Charles laut. »Dem wollt ich noch ein, zwei Salven in sein fetten Arsch jagen. Ich hasse Weißärsche, die so aussehen wie der. Ich mein, dem sieht man richtig an, daß er schwarze Niggerärsche mit Stiefeln tritt.«

»Tja, um den brauchste dir keine Sorgen mehr machen. Der Schmalzarsch gibt keine Befehle mehr, es sei denn, in der Hölle.«

Betty bog in eine Seitenstraße. »Ich hoffe, ihr seid damit fertig, die Knarren und das Geld in die Einkaufstüten zu packen«, sagte sie, als sie neben einem kleinen Kompaktauto anhielt. Am Lenkrad saß eine Frau, die fast wie eine Weiße aussah.

Die Frau sah sich nervös auf der Straße um, als Betty den Wagen neben ihrem parkte. »Hallo, Arlene«, rief Betty, als Red ausstieg und von Arlene den Schlüssel entgegennahm. Er ging um den Wagen herum, öffnete den Kofferraum und verstaute die Einkaufstüten. Als er zurückkam, löste er den Kofferraumschlüssel vom Bund, bevor er Arlene die übrigen Schlüssel zurückgab.

»Also, wir sehen uns dann später, Honey«, rief Betty ihr liebenswürdig zu, als sie losfuhr. Im Rückspiegel beobachtete sie, wie Arlene ebenfalls in den Verkehr bog. »So, das wär also auch geregelt. Arlene is so hellhäutig, daß die Polizei glaubt, sie is 'ne Weiße. Sie dürfte also keine Probleme haben, wenn sie sie stoppen.«

»Das ist mit Sicherheit 'ne coole Sache, aber was noch cooler is«, bemerkte Zeke vom Rücksitz, »is die Tatsache, daß wir das heiße Zeug nich mehr mit uns im Auto rumkutschieren müssen.«

»Amen«, sagte Robert. »Da kannst du echt Amen zu sagen!«

Als Betty an der nächsten Kreuzung hielt, fuhr ein Polizeiwagen langsam an ihnen vorbei. Der Fahrer musterte die Gruppe eingehend, aber als er eine Frau am Steuer sah, schien sein Interesse zu schwinden, und er fuhr weiter.

»Jetzt sag ich Amen, Amen laut und klar«, sagte Red, und alle fingen an zu lachen. Jetzt wußten sie, daß sie wirklich aufatmen konnten. Sie hatten es geschafft. Jetzt brauchten sie keine Angst mehr zu haben, geschnappt zu werden. Alles war in Ordnung.

4

In der elegant möblierten Sechszimmerwohnung über dem Club hatten sich alle versammelt, die an dem Überfall beteiligt waren. Kenyatta zählte das Geld zum dritten Mal und legte dann fünfzehntausend Dollar beiseite, bevor er den Rest in sechs gleiche Stapel teilte. Er gab jeder Person, die an dem Überfall beteiligt war, zweitausend Dollar. Keiner hatte an der Weise, wie er das Geld aufteilte, etwas auszusetzen.

»Ich für meinen Teil bin verdammt froh, daß die Scheiße gelaufen is«, sagte er ernst. Dann schaute er in die lächelnden Gesichter. »Ich glaub, jeder hier is froh, was?«

Red leerte sein Whiskeyglas, bevor er etwas sagte. Seit dem frühen Morgen tranken und prosteten sie sich gegenseitig zu. »Das is noch untertrieben«, sagte er, und seine Stimme klang hart und kalt. »Ich hoffe, daß das ein für alle Male reicht. Ich hasse Raubüberfälle jeglicher Art. Deswegen is es 'ne Schande, daß Jackie und Billy nich mehr unter uns sin. Die fanden's echt geil, solche Dinger zu drehen.«

Kenyatta bedachte Red mit einem langen, musternden Blick, bevor er antwortete. »Damit liegst du hundert Prozent richtig, Red, denn das Ding mit den Essensmarken war Billys Lieblingsprojekt. Fast ein ganzes verdammtes Jahr lang hat er versucht, mich zu überreden, diesen Laden auszuheben.«

Während er sprach, bemerkte Kenyatta, wie Betty mit einem Drink in der Hand durch das Wohnzimmer wankte. Er war überrascht, sie torkeln zu sehen. Er hatte es noch nie zuvor erlebt, daß sie mehr trank, als sie vertragen konnte. Sie ließ sich auf seinen Schoß plumpsen und sah dann mit ihren schönen Augen zu ihm auf. Er merkte, daß sie blutunterlaufen waren. Er war der festen Überzeugung, daß sie in den vergangenen Wochen unter einem zu großen Druck gestanden hatte. Er hatte sie einzig und allein an dem Überfall teilnehmen lassen, um sie vom Tod ihrer Tante Joy abzulenken. Er hatte nicht vorhersehen können, daß der Überfall in einem Blutbad enden würde.

Er legte seinen Arm fest um ihre schmale Taille. »Fühlst du dich gut, Honey?« fragte er mit einem Tonfall, in dem sie sofort seine leidenschaftliche Schlafzimmerstimme erkannte.

Betty lächelte zu ihm auf, ihr Gesicht strahlte, und ihre perlweißen Zähne glitzerten. »Das kannst du mir echt glauben. Ich hab nich gewußt, daß man sich mit Johnnie Walker Black so gut fühlen kann.«

Als Red aufstand, um zu gehen, taumelte er. »Ich glaub, ich mach mich mal auf den Weg«, sagte er, während er seinen Anteil einsteckte. »Ich hab 'ne Verabredung mit 'nem Engel.« Er fing an zu singen, aber Kenyatta unterbrach ihn.

»Warum läßt du nich einen Teil deiner Knete hier, Red? Du brauchst nich das ganze Geld auf einmal draußen auf der Straße mit dir rumzutragen.«

Zuerst schien es so, als würde er Kenyattas Wunsch nachkommen, während er dastand und auf seinen Füßen vor- und zurückwankte, aber dann siegte der Alkohol. »Hey, Baby-Boy, warum sprichste so mit mir? Weißte, ich bin schließlich kein Kind mehr. Ich kann gut auf mich selber aufpassen, Bruder.«

Das ist genau die Scheiße, die einen Mann das Leben kosten kann, dachte Kenyatta kalt, während er den Mann taumeln sah.

»Ich kann auf mich selber aufpassen«, wiederholte Red. Dann langte er mit der Hand unter sein Hemd und zog eine Pistole hervor. »Siehste, Ken, ich geh nich auf die gottverdammte Straße ohne mich irgendwie zu schützen, Bruder. Ich wünschte direkt, so'n Arschloch würd versuchen, mir was wegzunehmen.« Er fuchtelte mit der Pistole vor den anderen herum.

Kenyatta biß die Zähne zusammen. Er wußte genau, was er zu tun hatte. Es hatte überhaupt keinen Sinn, den zeitraubenden Versuch zu starten und den Mann von seinen trunkenen Plänen abzubringen. Kenyatta wußte aus Erfahrung, daß Red stur wie ein Esel und uneinsichtig war, wenn er getrunken hatte. Allein der Versuch, ihm die Pistole auszureden, wäre ein sinnloses Unterfangen.

Kenyatta verabscheute, was er nun tun mußte. Er versuchte, seinen Kopf von allen Zweifeln zu befreien und jeden widersprüchlichen Gedanken zu unterdrücken, weil er wußte, daß er sonst mit sich selbst zu kämpfen hätte. Wer zum Teufel war er denn, daß er meinte, Gott spielen zu müssen? Der Mann hatte sein Geld verdient, warum ließ er ihn dann nicht einfach gehen, damit er es ausgeben konnte, wie er wollte? Kenyatta hatte seine eigene Antwort auf die Frage. Wahrscheinlich würde es darauf hinauslaufen, daß der Mann jemanden erschoß. Es blieb Kenyatta nicht erspart, den Mann zu entwaffnen.

Kenyatta erhob sich von seinem Stuhl und stellte Betty auf ihre Füße. »Komm, Bruder«, sagte er gespielt liebenswürdig, »ich bring dich zur Tür. Ich hab sowieso noch was mit dir zu bereden.«

Red grinste ihn unbeholfen an und steckte dann seine Pistole weg. Die Faust traf ihn aus heiterem Himmel, der Schlag war kurz und heftig. Wäre Red nur ein bißchen nüchterner gewesen, hätte er sich rechtzeitig geduckt. Doch selbst in seinem Zustand schaffte er es noch, den Kopf abzuwenden, ein Beweis dafür, wie gut Kenyatta seine Leute trainierte. Die Faust traf Red am Kiefer. Er taumelte und sackte langsam zu Boden, völlig k. o. geschlagen.

»Ich hab's gewußt«, sagte Charles von seinem Sessel aus. »Ich konnte mir kaum vorstellen, daß du ihn so auf die Straße läßt.«

»Ich hasse so was«, erklärte Kenyatta den anderen, »aber wir haben zu viel zu verlieren, als daß wir ihm erlauben könnten, betrunken auf der Straße rumzurennen. Man weiß nie, was er unter der Einwirkung dieses Mistzeugs alles ausplappert, falls ihn die Bullen schnappen, also isses besser, er bleibt von vorneherein hier, bis er wieder nüchtern is.«

Kenyatta hörte auf zu reden, bückte sich und zog dem betrunkenen Mann die Pistole aus der Tasche.

»Was für 'ne hinterhältige Tour«, sagte Betty, als der Whisky anfing, für sie zu sprechen. »Scheiße, womit hat Red das verdient?« funkelte sie die anderen wütend an. »Is mir egal, ob der Rest dieser Nigger Angst vor dir hat, Kenyatta, ich hab jedenfalls keine«, keifte sie laut.

»Scheiße, Kenyatta«, sagte Zeke, der auf dem Sofa saß und an einem kleinen Glas Wein nippte, »sieht so aus, als ob du noch jemand beruhigen mußt.«

»Okay, klar«, zischte sie, als sie um den Tisch herumstolperte, um sich Zeke genau anzusehen. »Warum bringt ihr mich nich einfach um, ihr mordlüsternen Schweinehunde? Wär das nich für euch alle die einfachste Lösung? Verdammt, ich weiß zu viel, als daß ihr mich am Leben lassen könnt, stimmt's? Also erschießt mich doch einfach, genau hier, hier oben in den Kopf«, sagte sie und zeigte mit dem Finger auf die Stelle.

Ihre Worte lösten bei den meisten Männern im Raum eine plötzliche Furcht aus. Sie waren zu tief in die Raubmorde verwickelt, als daß jemand eine lockere Zunge riskieren konnte. Sie warfen Kenyatta einen Blick zu, um zu sehen, wie er auf die Worte seiner Frau reagierte. Das hier konnte zu einem höllischen Dilemma werden, wenn Kenyatta es nicht schaffte, ihr den Kopf zurechtzurücken.

Er hob die Hand und bat um Ruhe. »Ich weiß, was die meisten von euch denken, aber vergeßt das. Das is das erste Mal, daß irgendeiner von euch Betty betrunken sieht, und ich verspreche euch, daß es auch das letzte Mal is«, sagte er, ohne sich dessen bewußt zu sein, daß er ein Versprechen gab, das er niemals in der Lage sein würde zu halten.

»Hey, Bruder«, rief Robert, »wir wissen wie das is, Mann. Genau wie du sagst. Ich hab Betty noch nie besoffen gesehn, wirklich noch nie. Nich mal beschwipst, Mann, also is mir klar, Mann, daß es nur die Drinks sind, die aus ihr sprechen«, erklärte Robert voller Überzeugung, denn er mochte die schwarze Frau wirklich gerne.

»Genaugenommen«, sagte Eddie-Bee, der selbst so betrunken war, daß er sich regelrecht bemühte, deutlich zu sprechen, was er immer tat, wenn seine Trunkenheit einen gewissen Grad erreicht hatte, »würde ich sagen, daß wir alle ein paar zu viel intus ham, aber deswegen ham wir ja angefangen zu trinken, oder? Wollten wir nich irgendwas feiern? Also, zum Teufel damit. Amüsieren wir uns! Es is was Herrliches, unter Freunden besoffen zu sein.« Er hielt inne und nahm einen großen Schluck aus seinem Pappbecher, dann fuhr er fort: »Ich bin jetzt jedenfalls so weit und ruf die Frauen von unten rauf. Wir machen 'ne Party, klar? Wir sind doch nich hier, um einfach vor uns hinzuvegetieren, oder?« Er warf einen Blick in die Runde seiner Freunde, dann sah er direkt zu Betty. »Ich kann dich wirklich verstehn, Betty. Es wird immer langweiliger hier oben.« Er versuchte sich umzudrehen, schaffte es aber nur, seinen Whiskeybecher auf dem dicken braunen Teppich auszukippen.

Der Rest der Männer lachte. Doch als Kenyatta Betty in den

Arm nahm, bekam sie einen Heulanfall. Zuerst weinte sie leise, doch dann wurden die Schluchzer immer lauter. Nervös sah er zu den anderen Männern, dann bückte er sich, umfaßte ihre Beine und trug sie ins Schlafzimmer. Dort angekommen, bedeckte er ihre Lippen mit leidenschaftlichen Küssen. Er drückte sie fest an sich und rieb ihr zärtlich den Rücken, wie man es bei einem nervösen Fohlen machen würde. Sie wurde allmählig ruhiger, und er wußte, daß sie dabei war, zu sich zu kommen und zu entspannen. Ihre Lippen wurden weicher unter seinen Küssen, und ihre Zunge fing an, mit seiner zu spielen, bis eine starke Leidenschaft zwischen ihnen entfacht war. Nachdem er sie behutsam ausgezogen hatte, drang er in sie ein. Sie liebten sich zärtlich und langsam. Ihre Angstschreie verwandelten sich in Lustschreie.

5

Captain Davidson starrte durch seine Hornbrille auf die beiden Detectives vor seinem Schreibtisch. Es war nicht ihre Schuld, daß bisher keiner der Männer im Morddezernat in der Lage gewesen war, den Fall zu knacken, und dessen war sich der korpulente, ergrauende Captain auch bewußt. Immerhin waren diese beiden Männer näher dran, eine Verhaftung zu machen, als alle anderen. Dennoch mußte er die Peitsche über ihren Köpfen knallen lassen, wie er es bei seinen anderen Männern auch getan hatte.

»Gottverdammt, Ryan, Benson, was, zum Teufel, macht ihr den ganzen Tag in eurem Büro? Rumwichsen oder was?« Er wartete eine Sekunde und fuhr dann mit seiner bulligen Stimme fort: »Von diesen jungen Collegeärschen, mit denen ich mich in dieser Abteilung abfinden muß, kann ich nichts erwarten, aber von euch beiden. Scheiße!« Er brüllte das Wort regelrecht in den Raum. Selbst draußen, wo dic Untergebenen arbeiteten, war es zu hören.

Ryan wechselte nervös von einem Fuß auf den anderen. Er konnte es nicht ausstehen, angebrüllt zu werden. Es führte dazu, daß seine Nerven Überstunden machten, so wie jetzt.

Benson hatte lediglich Schwierigkeiten, das Grinsen zu unterdrücken, das sich jeden Augenblick auf seinem Gesicht ausbreiten konnte. Ihm war klar, wie unbehaglich sich Ryan unter dem lauten Gebrüll ihres Bosses fühlen mußte. Das war der Grund, warum Ryan diese Unterredungen haßte. Das Gebrüll brachte ihn derart außer Fassung, daß er nicht mehr gerade denken konnte.

Davidson mußte gemerkt haben, daß er etwas übertrieben hatte, denn er dämpfte seine Stimme. »Also, Jungs«, begann er und versuchte, das Ganze anders anzugehen, »jetzt seht mal die Sache von meiner Warte aus, okay? Der scheiß Polizeipräsident sitzt mir im Nacken. Am laufenden Band werden Polizisten einfach so umgebracht. Und jetzt das hier. Zwei Männer werden samt ihren Frauen am hellichten Tage kaltblütig ermordet, und keiner will was gesehen haben. Das ist unglaublich. Und ich mein's ernst. Wir sind nicht mehr in den wilden Zwanzigern. Heutzutage, in unserer Zeit, passiert so was nicht, ohne daß es anschließend aufgeklärt wird, also wo liegt das Problem? Ich will nichts davon hören, daß keiner redet. Ich hab euch Jungs freie Hand gelassen und euch erlaubt, zu arbeiten, wann immer ihr wollt.«

Er hob seine Hand und winkte die Entschuldigung ab, die Ryan gerade hervorbringen wollte. »Ja, ich weiß. Ihr wolltet in eurer Freizeit arbeiten. Ich weiß das Angebot zu schätzen, aber was tu ich? Ich sage, no Sir, nicht in eurer Freizeit. Legt einfach los, sag ich, und ich werde dafür sorgen, daß ihr jede scheiß Minute bezahlt kriegt, die ihr an dem Fall arbeitet, stimmt's?«

Bevor die Männer antworten konnten, fuhr er fort, und seine Stimme wurde wieder lauter. »Also, so einen Boss findet man doch nicht alle Tage, oder? Ich hab mich für euch mit meinem fetten Arsch auf einen verdammt dünnen Ast gesetzt. Und jetzt versuchen sie, den verfickten Ast, auf dem ich sitze, abzusägen. Aber eins versprech ich euch, wenn die mir den Ast unter 'm Arsch wegsägen, paß ich verdammt auf, daß ich zuerst jemand auf den Kopf falle, bevor ich am Boden lande. Hab ich mich deutlich genug ausgedrückt?«

Beide Detectives nickten, dankbar, daß das Gespräch zu Ende war, und von der Drohung nicht wirklich beeindruckt. Bevor Davidson die beiden zur Hölle schickte, würden eine ganze Menge anderer Polizeibeamte seine harte Hand zu spüren bekommen. Sie waren am meisten mit dem Fall vertraut. Kein anderes Ermittlungsteam war auch nur annähernd so kurz davor, die Morde aufzuklären, wie die beiden.

»Oh, Benson, Ryan«, rief Davidson, als sich die Männer gerade der Tür näherten, um möglichst schnell das Büro zu verlassen. »Wenn ich euch das nächste Mal zwei junge Detectives schicke, dann nehmt sie bitte mit. Wie zum Teufel sollen die Jungs irgendwelche Erfahrungen sammeln, wenn sie nicht hin und wieder von ein paar Profis mitgenommen werden?«

»Das war meine Schuld, Captain«, sagte Benson schnell. Der Captain winkte das Geständnis ab. »Ich hab nicht gefragt, wessen Schuld das war, ich will nur, daß ihr sie das nächste Mal mitnehmt. Ich wüßte nicht, wie sie euch behindern könnten, wenn sie lediglich auf dem Rücksitz eines scheiß Polizeiwagens mitfahren.«

»Okay, Captain, wir werden uns drum kümmern«, antwortete Benson, während er die Tür öffnete.

Ryan rannte fast durch die offene Tür in seiner Eile, von dem Captain wegzukommen. Als sie das Büro durchquerten, sah Benson die zwei jungen Detectives an ihren Schreibtischen sitzen. Beide grinsten. Er war sicher, daß sie den letzten Teil des Gesprächs mit dem Captain gehört hatten. Als Benson zu ihnen schaute, blickten beide Männer in eine andere Richtung, aber erst nachdem er den triumphierenden Blick in ihren Augen gesehen hatte.

Leckt mich am Arsch, dachte Benson insgeheim. Er schwörte sich, daß es ein kalter Tag in der Hölle sein würde, bevor er einem dieser Hosenscheißer erlaubte, ihn auf einer Tour zu begleiten.

»Hey, Ryan«, rief ein schlanker, rotgesichtiger Detective, als sie vorbeikamen, »du und Ben, ihr schaut besser mal nach, ob ihr da hinten noch was zum Sitzen habt.«

Die anderen Polizeibeamten, die in der Nähe saßen, brachen in schallendes Gelächter aus. Solange es nicht ihr eigener Arsch war, der Feuer fing, erfüllte es sie mit Schadenfreude, wenn einer zur Minna gemacht wurde. In das Büro des Captains gerufen zu werden war nichts, worauf man stolz sein konnte. Es kam höchst selten vor, daß er einen seiner Männer sehen wollte, außer wenn ein neuer, wichtiger Fall auf dem Tisch lag oder jemand einen Fehler gemacht hatte.

Benson sah die weißen Beamten herausfordernd an. Er brauchte nicht lange, um zu merken, was in ihren Köpfen vorging. Es schien sie zu freuen, daß Benson, wie sie annahmen, in die Schranken verwiesen worden war. Doch in letzter Zeit waren eine Menge Leute umgebracht worden, und nicht nur Ryan und Benson hatten kein Glück gehabt, sondern die Detectives in dem Raum auch nicht.

»Komm, wir machen einen kleinen Ausflug«, sagte Ryan kurzangebunden und wartete die Antwort seines Partners gar nicht erst ab. Er lief einfach weiter, und nachdem beide den Fahrstuhl betreten hatten, drückte er den Knopf zur Tiefgarage.

Beide Männer schwiegen, während jeder von ihnen versuchte, sich ein Motiv für die jüngsten Morde vorzustellen. Diesmal saß Ryan am Lenkrad, als sie den Freeway bis zur Ausfahrt Clay Street nahmen. Er fuhr über den Abzweig, der nach rechts führte und bog dann links in die Oakland Avenue ab. Er parkte hinter einem Möbelwagen und zog einen kleinen Zettel aus seiner Tasche.

»Kenyatta«, sagte er laut. »Ich weiß nicht, ob er irgendwas mit dieser Scheiße zu tun hat, aber alles, was wir haben, führt in seine Richtung.«

Benson deutete mit dem Kopf zu der Ladenfront, die ein paar Wagenlängen entfernt vor ihnen lag. »Und das da muß der merkwürdige Club von diesem Kerl sein. Es war schon schwer genug, jemand zu finden, der den Nerv hatte, uns zu verraten, wo der Schuppen liegt«, stellte Benson fest und fuhr dann fort. »Das allein spricht schon für die enorme Macht, die er hier im Getto hat. Wann immer Leute jemand derart fürchten, wie sie diesen Kenyatta zu fürchten scheinen, wird's Zeit, daß man sich die Sache mal genauer ansieht.«

Ryan nickte zustimmend. »Ich kann einfach nicht verstehen, wie sich dieser Kerl direkt in unserer Mitte ausbreiten konnte, ohne daß wir jemals auch nur den geringsten Hinweis erhalten haben. Fast so, als wenn er von einem anderen Stern gekommen wäre. Keiner, und ich meine wirklich keiner, will über ihn und seine Leute reden.«

Während die beiden Detectives in ihrem Wagen saßen und den Eingang zum Club beobachteten, hielt ein kleiner schwarzer Ford vor dem Eingang. Der Wagen hatte mächtig Schlagseite, und als der Fahrer ausstieg, konnte man leicht erkennen, warum. Ein riesiger, fetter weißer Mann quetschte sich aus der Fahrertür auf die Straße und watschelte dann mit einer braunen Aktentasche in der linken Hand um seinen Wagen herum. Er warf einen Blick auf den Zettel in seiner Hand und überprüfte dann die Adresse, als er den Gehsteig erreichte.

Die drei schwarzen Männer, die vor dem Gebäude herumlungerten, starrten ihn feindselig an, als er sich an ihnen vorbeischob. Er atmete so schwer, als wär er gerade zehn Meilen gerannt.

»Ich frag mich, wer zum Teufel das wohl sein könnte«, sagte Benson ruhig.

Ryan zuckte mit den Schultern. »Es könnte der freundliche Bezirksvertreter einer Versicherungsgesellschaft sein, findest du nicht?« Noch während er sprach, schrieb Ryan sich die Nummer des fast neuen Ford auf.

Während Benson seinen Partner dabei beobachtete, wie er sich die Nummer notierte, mußte er sich vorstellen, wie es wohl abliefe, wenn der Mann kein Weißer sondern ein Schwarzer wäre. Sein Partner hätte wahrscheinlich vorschlagen, ihn zu schnappen und auszuquetschen. Trotzig spielte Benson mit dem Gedanken, selbst den Vorschlag zu machen. Warum nicht, dachte er ungerührt. Was für einen Schwarzen gilt, gilt auch für einen Weißen. Aber er wußte es besser. Falls sich herausstellte, daß der Weiße nichts weiter war als ein Geschäftsmann, der sein Brot damit verdiente, die Schwarzen auszunehmen, während sie ihn für einen Verdächtigen hielten und ihn ausquetschten, bräuchte er nur im Polizeirevier anzurufen und sich beschweren, daß er rechtswidrig festgehalten und durchsucht worden sei. Und dann würde die Hölle über ihnen ausbrechen. Sie müßten sich eine verdammt gute Entschuldigung ausdenken, warum sie den Mann so etwas zugemutet hatten.

Benson lachte bitter auf, als er darüber nachdachte. All die Schwarzen, die, selbst wenn ihre Frauen und Kinder dabeiwaren, täglich festgehalten und auf offener Straße durchsucht wurden, mußten das einzig und allein deswegen über sich ergehen lassen, weil sie schwarz waren. Die Polizisten, die so etwas taten, glaubten felsenfest, daß alle Schwarzen etwas im Schilde führten, also war es ihr gutes Recht, jeden Schwarzen, den sie sahen, festzuhalten und zu schikanieren. Aber was für ein Unterschied es doch war, ein Weißer zu sein. O Gott, stöhnte er, was für ein Unterschied.

»Was ist los?« fragte Ryan vorsichtig, nachdem er seinen Partner eine Weile studiert hatte. »Hast du irgendeine Idee oder was?«

Einen kurzen Augenblick lang führte Benson eine innere Debatte, ob er seinen Partner an seinem persönlichen kleinen Scherz teilhaben lassen sollte.

»O Mann, willst du's wirklich wissen?« fragte er resigniert und fuhr dann fort, bevor Ryan antworten konnte. »Ich hab mich nur gefragt, warum wir uns die Mühe machen, die Nummer aufzuschreiben und sie im Hauptquartier zu überprüfen, wenn es sich mit beschissener Sicherheit um einen Mietwagen unter falschem Namen handelt. Wir könnten uns die ganze Scheiße sparen, wenn wir's mit dem Typ genauso machen würden wie mit jedem Schwarzen, nämlich warten, bis er rauskommt und ihn dann in die Mangel nehmen. Du weißt, was ich meine, Ryan. Wir nehmen uns jeden Tag so viele Nigger vor, daß es uns nicht weiter schwerfallen dürfte.« Benson beobachtete das Gesicht seines Partners. Es lief rot an, und dann rieb sich Ryan nervös über sein Kinn, während er sich überlegte, wie er Benson antworten sollte.

»Mann, du hast heute wirklich eine höllische Laune, was?« sagte Ryan, während er über die heikle Frage nachdachte, die Benson ihm in den Schoß geworfen hatte. Er fluchte innerlich und wünschte sich, daß er ihn doch bloß in Ruhe gelassen hätte. Aber schließlich hatte er es nicht anders gewollt und mußte den Fraß jetzt wohl oder übel schlucken, den Benson ihm aufgetischt hatte. Die ganzen Probleme, die sich aus so einer Aktion ergeben konnten, schossen ihm durch den Kopf. Das Letzte, was er wollte, war eine weitere Unterredung mit dem Captain – jedenfalls nicht so bald. Doch falls sich der fette Vertreter in irgendeiner Weise beschwerte, würde genau das dabei herauskommen. Noch ein beschissenes Gespräch mit dem Captain. Was weiße Geschäftsleute betraf, gab es so etwas wie ein stilles Übereinkommen unter den Polizisten. Man belästigte sie nicht, solange sie sich in einer schwarzen Gegend aufhielten. Ein weißer Junkie war etwas anderes. Er war ein Niemand. Aber ein Steuerzahler, das gab der Sache gleich einen anderen Anstrich – einen weißen, um es genauer zu sagen.

Benson konnte das alles von Ryans Gesicht ablesen. »Mach dir keine Sorgen, Ryan, ich hab dich bloß auf die Schippe genommen. Ich will den Ärger auch nicht, den wir uns damit einhandeln würden.«

Eine Weile konnte Ryan seinem Partner nicht in die Augen blicken. »Du hast es geschafft, daß ich mich wie ein falscher Fuffziger fühle, Ben. Wenn du willst, dann knüpfen wir uns den Typ vor. Ich hab nur grade dran gedacht, daß wir eine Menge Erklärungen abgeben müssen, wenn die Scheiße nach hinten losgeht. Der scheiß Captain wird uns fragen, warum wir ausgerechnet einem Weißen auf die Füße treten mußten.

In der Stadt weiß jeder, daß es schwarze Killer waren, also wo ist da die Verbindung zu diesem weißen Vertreter?«

Ryan brauchte ihm die Konsequenzen gar nicht erst so lebhaft zu schildern, Benson wußte auch so, daß sein Partner recht hatte. »Ich meine, Ben«, fügte Ryan hinzu, »für dich könnte das schlimmere Folgen haben als für mich. Ich bräuchte nur zu sagen, daß es deine Idee war und daß ich einfach mitgemacht habe, obwohl wir beide wissen, daß ich dir niemals die Schuld in die Schuhe schieben würde. Ich versuch dir nur klarzumachen, wo wir stehen. Die erste Frage, die wir beantworten müßten, ist, warum. Warum zum Teufel haben wir ihn belästigt? Warum müssen wir einen Steuerzahler bei der Arbeit stören, wo wir doch schon mehr Unruhestifter hier unten haben, als wir bewältigen können?«

Die Atmosphäre in dem Wagen schien Benson zu erdrücken, aber was sein Partner sagte, entsprach der Wahrheit. Sie würden es niemals schaffen, ihre Vorgesetzten davon zu überzeugen. Und noch während Benson darüber nachdachte, erschien ihm der Gedanke selbst lächerlich. Was konnte ein gut gekleideter Weißer mit jemandem wie Kenyatta zu tun haben, außer daß er ihm etwas verkaufen wollte, was einen Monat später im Mülleimer landen würde. Sie lebten in zwei verschiedenen Welten. Die Welt Kenyattas war eine schwarze Welt, frei von Weißen. Benson erinnerte sich daran, daß das Wenige, was sie über Kenyatta wußten, darauf hindeutete, daß es sich um einen militanten Schwarzen handelte, der gegen jeglichen Umgang mit Weißen predigte. Während er sich die verschiedenen Möglichkeiten durch den Kopf gehen ließ, kam Benson schnell zu dem Schluß, daß der fette Weiße wahrscheinlich nur der Hausverwalter war, der die Miete kassieren wollte.

Er teilte Ryan seine Gedanken mit. »Weißt du, Ryan, eigentlich ziel ich nur ins Blaue. Der Typ ist wahrscheinlich der Hausverwalter, der die Miete kassieren kommt.« Benson lachte kurz auf und fügte dann hinzu: »Und das ist mit Sicherheit ein verdammt beschissener Job hier unten. Ich stell's mir jedenfalls nicht leicht vor, einem Haufen Gangster wie denen da die Miete abzuknöpfen. Echt, Mann, nach allem, was ich über junge Nigger weiß, hat der Typ 'nen harten Job.«

Ryan wurde durch die Worte seines Partners nicht getäuscht.

Es war Benson nicht leicht gefallen, dieses Zugeständnis zu machen. Benson hätte sich den weißen Mann tatsächlich gerne vorgeknüpft. »Jetzt hör mal, Ben, ich will nicht, daß du gegen deine eigene Überzeugung handelst. Ein Wort von dir, Mann und wir haben diesen fetten Schmalzbrocken durch die Mangel gedreht, bevor der liebe Gott was davon erfährt.«

»Du bist in Ordnung, Ryan«, sagte Benson langsam. »Ja, es ist verdammt gut, mit dir zusammenzuarbeiten. Aber jetzt, nachdem ich drüber nachgedacht hab, glaub ich, daß meine Idee falsch war. Abgesehen von ganz legalen Belangen, wüßte ich wirklich keinen Grund für eine Verbindung zwischen den beiden. Kenyatta haßt Weiße, also kann dieser Besuch nur geschäftliche Gründe haben. Lassen wir die Sache diesmal auf sich beruhen. Wir können ja immer noch das Kennzeichen überprüfen.«

6

Nur widerwillig schlurften die schwarzen Männer aus Kenyattas Privatbüro. Keiner wollte den Raum verlassen, ehe nicht er herausgefunden hatte, weswegen der fette weiße Mann hier war. Zum ersten Mal sahen sie, daß Kenyatta einen Weißen mit einem gewissen Maß an Respekt behandelte. Als dieser hier den Raum betreten hatte, war Kenyatta aufgestanden und über den dicken Teppichboden auf ihn zugegangen, um anschließend seinen Arm um die Schultern des Fetten zu legen, als wären sie alte Kriegskameraden. Nachdem er es dem Mann so bequem wie möglich gemacht hatte, scheuchte Kenyatta die anderen Leute aus dem Büro, bis nur noch er und sein weißer Gast übrig waren.

»Nun, Angelo«, fing Kenyatta an, »ich hoffe, du hast mir das mitgebracht, was ich wollte.«

Angelo rieb sich mit der Hand über seinen enormen Bauch. Der Anblick so vieler junger, wild aussehender schwarzer Männer hatte ihn nervös gemacht. Er wußte, daß sie alle Kenyattas Anhänger waren und daß Kenyatta den Tod der Weißen predigte. Bisher hatte man ihm jedoch den roten Teppich ausgerollt.

Bevor er Kenyattas Frage beantwortete, stellte er seine eigene. »Was ist mit dem Zaster? Du weißt, was ich meine, die grünen Scheinchen.« Angelo stützte sich auf den Ellbogen auf den Schreibtisch und versuchte, Kenyatta direkt in die Augen zu starren, ließ es dann aber schnell wieder bleiben. Statt dessen versuchte er, seinen Fehler zu überspielen, indem er den großen Macker markierte.

»Normalerweise strampel ich mich für keinen scheiß Kumpel derart ab, Kenny«, erklärte er mit aufgesetzt hartem Blick, »aber seit mindestens sechs Monaten nervst du mich schon wegen dieser Liste, also hab ich dir die Informationen besorgt. Aber erst will ich Knete sehen.«

Kenyatta starrte den nervösen weißen Mann ungerührt an. Plötzlich stand er von seinem Schreibtischsessel auf. »Hör zu, du Trottel«, begann er laut, »du kommst hierher, und ich geb mir alle Mühe, dich wie einen Mann zu behandeln, aber das ist dir wohl nich gut genug. Du willst, daß wir dir den beschissenen

Arsch küssen, um zu beweisen, wie sehr wir deinen Besuch hier im Getto zu schätzen wissen, wie du sagst. Aber wir tun nix dergleichen. Du Weißarsch hast dir die Mühe gemacht, hierher zu kommen, weil du die Information an keinem anderen Ort der Welt verkaufen kannst. Außerdem zahlt dir keiner den Preis, den ich dir bezahle.«

Angelo holte tief Luft und ließ sie langsam wieder entweichen, hoffte so, daß sich die innere Spannung lösen werde. Ihm war nicht entgangen, daß Kenyatta die Vergangenheitsform benutzt hatte. Seine Worte schienen die Luft im Raum zu erstikken. Er zerrte an seinem Kragen, und sein Gesicht war so rot wie eine Tomate. Durch das grelle Licht der Deckenlampe schienen sich die Wände nach innen zu biegen und ihn einzukapseln. Er stellte sich die Armee der Leute vor, in deren Schuld er stand, und wie sie Arm in Arm auf ihn zumarschierten, jeder mit einer anderen Waffe in der Hand.

»Jetzt wart mal 'ne Sekunde, mein Junge«, begann er und merkte sofort, daß er in den Fettnapf getreten war, noch bevor er den Satz zu Ende gesprochen hatte. Das war das Problem, wenn man mit diesen scheiß Niggern verhandeln wollte. Man konnte kaum den Mund aufmachen, ohne irgendwie ihr empfindliche Ego zu verletzen.

Kenyattas Stimme klang glatt und leicht triumphierend. »Die Dinge haben sich eben ein bißchen geändert, das is alles, Angelo. Jetzt müssen wir nich mehr diesen horrenden Preis zahlen, den du verlangst, weil wir die Hälfte der Namen schon selber wissen. Aber«, Kenyatta bedeutete dem Mann mit der Hand, still zu bleiben, »da du dir solche Mühe gemacht hast, haben wir uns entschlossen, dir fünftausend Dollar für deine Spitzelei zu bieten. Ich meine, wenn du's so siehst, mußt du zugeben, daß das eine Menge Geld für einen Informanten is, egal ob er nun eine weiße oder 'ne schwarze Hautfarbe hat.«

Angelo gefiel es ganz und gar nicht, als Informant bezeichnet zu werden, aber was ihn noch mehr verletzte, war die Tatsache, daß er nicht die vollständigen zehntausend Riesen kassieren konnte, deren er sich schon so sicher gewesen war. Aber immerhin, fünftausend waren besser als nichts. Seiner Ansicht nach war die Information, die er ihnen verkaufte, weniger wert als das Papier, auf dem die Namen standen. Er konnte sich beileibe nicht vorstellen, was sie damit anzufangen gedachten. Selbst wenn sie die Liste der Polizei übergaben, wäre es nichts Neues. Die hohen Tiere im Polizeiapparat wußten bereits, wer für die konstante Drogenversorgung der Stadt verantwortlich war, und trotzdem konnten oder wollten sie nichts dagegen unternehmen. Was also konnten ein paar schwarze Krausköpfe aus dem Getto tun?

Verärgert griff er in seine Tasche und zog den Umschlag heraus. »Hier«, knurrte er und schleuderte ihn über den Schreibtisch, wobei er die ganze Zeit hoffte, daß der schwarze Mann seine Meinung nicht wieder ändern würde. Er brauchte die fünf Riesen zum Leben. Er brauchte sie zum Überleben, denn ohne das Geld war er bereits ein toter Mann. Er machte sich schon Gedanken darüber, wie er bestimmten Leuten die Hälfte ihres Geldes zurückzahlen konnte.

Wenn er zumindest einen Teil seiner Schulden beglich, würden sie sehen, daß er sich Mühe gab und nicht nur versuchte, sie hinzuhalten. Ja, die fünf Riesen wären vorerst genug, um ihm die Knochenbrecher vom Leibe zu halten.

Kenyatta starrte auf den Umschlag wie auf eine Schlange. Es hatte ihm mißfallen, wie der Weiße ihn über den Tisch geschleudert hatte, anstatt ihn wie ein Mann zu übergeben. Eine Weile stellte sich Kenyatta vor, wie er den fetten Mann erdrosselte. Es war ein Bild, das er sehr genoß. Verzweifelt würde sich der Fettarsch wehren, und der Anblick seines roten Gesichts, das sich langsam blau färbte, ließ ein Lächeln über Kenyattas Lippen huschen.

Angelo wartete ungeduldig darauf, daß Kenyatta eine Entscheidung traf. Nervös steckte er sich eine fette Zigarre an. »Ich meine, was zum Teufel ist hier eigentlich los, Kenyatta? Wir hatten noch nie so ein Mißverständnis. Ich hab dir besorgt, was du wolltest, aber du änderst den scheiß Preis. Was zum Teufel würdest du denken, wenn ich dasselbe mache, wenn du das nächste Mal deine Waffen bei mir bestellst?«

Man mußte kein Hellseher sein, um zu merken, daß er einen wunden Punkt getroffen hatte. Die konstante Versorgung mit frischen Waffen, deren Herkunft nicht zurückverfolgt werden konnte, war unentbehrlich. Es war von allergrößter Wichtigkeit, daß Kenyatta seine Waffen-Connection behielt. Angelo sah das und machte seinen Standpunkt klar. »Du und ich, Kenyatta, wir machen jetzt seit über zwei Jahren Geschäfte miteinander, ohne daß wir jemals irgendwelche Probleme gehabt haben. Und dann taucht plötzlich so eine Scheiße auf. Okay, ich akzeptiere die Tatsache, daß zehn Riesen zu viel für die Information sind, auf die du so scharf bist, aber fang bloß nicht an, mir Scheiße unter die Nase zu reiben, mein Junge.«

Da war er wieder, dieser beschissene Ausdruck »mein Junge«. Kenyatta knirschte mit den Zähnen, bevor er aufsprang und um den Schreibtisch herumkam. »Angelo, ich sag's dir zum letzten Mal, Mann, zum allerletzten Mal. Die Art und Weise, wie ihr Weißen uns mit ›mein Junge‹ anredet, is einfach zu viel. Ich bin einer der Nigger, die 's nun mal nich ausstehen können. Ich weiß, daß du dir wahrscheinlich nichts Schlechtes dabei denkst, aber es bringt mich einfach zur Weißglut, wenn ich von einer Mehlnase mit ›mein Junge‹ angeredet werde. Du hast also deine Chancen vertan. Wenn du's noch mal machst, egal, wie sehr ich auf deine Waffen-Connection angewiesen bin, dann tret ich dir persönlich das letzte Gramm Fett aus deinem dicken Arsch.«

Während der gesamten Dauer dieser Zurechtweisung zeigte der große schwarze Mann mit dem Zeigefinger direkt auf das Gesicht des weißen Mannes. Angelo konnte nichts weiter tun, als in seinem Sessel sitzenzubleiben und mit offenem Mund zu ihm hochzustarren. Falls er je lebend aus diesem Büro käme, schwor er sich jedoch, müßte es schon ein kalter Tag in der Hölle sein, bevor er wieder einen Fuß in die Nähe des Gettos setzte und Geschäfte mit diesen schwarzen Mistkerlen machte. O ja, er würde ihnen weiterhin Waffen verkaufen. Es befriedigte ihn zu wissen, daß er ihnen die Waffen lieferte, mit denen sie sich gegenseitig umbrachten. Vielleicht brachten sie mit der Zeit so viele ihrer schwarzen Brüder um, daß die Weißen allmählich wieder einige Teile der Städte für sich beanspruchen konnten, denn so wie die Dinge standen, hielten die Nigger bereits die meisten Gegenden besetzt.

»Ich wollte dir nicht zu nahe treten. es ist bloß so, daß ich manchmal vergesse, wie man deinen Namen ausspricht, und dann rutscht mir ›mein Junge‹ einfach so raus. Aber mach dir keine Sorgen, der Fehler passiert mir nicht noch mal.«

Kenyatta starrte den Mann an, ohne zu lächeln. »Ich mach mir überhaupt keine Sorgen«, sagte Kenyatta. »Ich hab dich ja gewarnt, der Rest liegt bei dir.« Er kehrte dem fetten Mann den Rücken zu und ging wieder hinter seinen Schreibtisch. Diesmal hob er den Umschlag hoch. Er öffnete ihn schnell, warf einen Blick auf die Namen und starrte dann zu Angelo hin. »Was ist das für eine Scheiße, die du mir hier andrehen willst, Angelo? Nach der Liste hier is der Kingfisher verantwortlich für die Drogenversorgung des westlichen, östlichen, nördlichen und südlichen Teils der Stadt. Mit andern Worten, du willst mir weismachen, daß ein Schwarzer das gesamte Dope kontrolliert, das in die Gettos fließt.«

Angelo hob die Hand und konnte gerade noch den Fehler vermeiden, Kenyatta mit »mein Junge« anzureden. »Das ist die gottverdammte Wahrheit. Ich war genauso überrascht, als ich's erfahren habe. Ich wußte nicht, daß ein Nigger so viel Macht haben kann.« Er hielt erschrocken inne, als ihm plötzlich klarwurde, welches Wort er da benutzt hatte, aber da keine Warnung von Kenyatta kam, fuhr er fort. »Aber es stimmt tatsächlich. Kingfisher hat den ganzen Kuchen für sich. Es gibt nicht einen einzigen weißen Verteiler in der ganzen scheiß Stadt, der ohne das Okay vom Kingfisher irgendwelche Drogen in die Gettos liefern kann.«

Angelos Worte klangen wie Sturmglocken in Kenyattas Ohren.

»Der Kerl bestimmt die Regeln. In den Gettos werden keine Drogen im größeren Rahmen verkauft, es sei denn, er ist dran beteiligt. In den Außenbezirken ist nicht viel zu holen, also müssen die großen Jungs nach Kingfishers Pfeife tanzen. Das stinkt denen zwar mächtig, aber was können sie dagegen tun? Und es gibt nicht einen Schwarzen weit und breit, der auch nur annähernd soviel Macht hat wie der Kingfisher. Er läßt es nicht zu. Wenn die weißen Jungs versuchen, einen anderen Schwarzen zu etablieren, scheint ihm immer irgendwas zuzustoßen. Es ist eine wertlose Investition, also müssen sie ihre Geschäfte mit dem Kingfisher machen.«

Der Anblick von Kenyattas Gesichtsausdruck war genug, um die meisten Leute zu Tode zu erschrecken, und Angelo war keine Ausnahme. Zuerst war es nur Ungläubigkeit, die sich in seinem Gesicht widerspiegelte, aber dann breitete sich eine unkontrollierte Rage in seinen Zügen aus. Allein die Erwähnung des Kingfishers löste etwas derart Furchtbares in Kenyatta aus, daß Angelo sich wünschte, an einem anderen Ort zu sein.

»Tja«, begann Angelo, »ich wär sehr dankbar, wenn wir unsern kleinen Handel jetzt abschließen könnten. Ich muß nämlich noch rausfahren und mich um eine Waffenlieferung kümmern. Du bist doch noch an der großen Bestellung interessiert, oder?« fragte er, wobei er verzweifelt versuchte, das Thema zu wechseln.

Unter großen Schwierigkeiten gelang es Kenyatta, sich auf das Geschäftliche zu konzentrieren. Einen Moment lang hatte die blinde Wut all seine Gedanken ausgelöscht, bis er nur noch Rache im Sinn hatte.

Aber die Erwähnung der Waffen war von unmittelbarer Bedeutung für ihn. Ohne die Waffen konnte er gar nicht erst anfangen, seine weitreichenden Pläne in die Realität umzusetzen. Er brauchte zwar ein paar Sekunden, aber er schaffte es, seinen Ärger unter Kontrolle zu bringen.

»Sicher, Angelo, ich weiß, was du willst. Mußt dich nur noch 'ne Minute gedulden«, sagte er, während er in seine Tasche griff und einen Umschlag hervorzog. Er ließ sich Zeit beim Abzählen und blätterte das Geld Schein für Schein auf den Tisch. Angelo zählte mit, wobei er nicht einmal versuchte, seinen gierigen Blick zu verhehlen.

»Warum gibst du mir nicht jetzt schon eine Anzahlung für die Waffen, Ken? Wenn du dann morgen deine Leute rüberschickst, um die Ladung abzuholen, müssen die nicht so viel Bargeld mit sich rumschleppen.« Angelos Blicke klebten förmlich an dem dicken Geldbündel, das sich noch in dem Umschlag befand.

Kenyatta lachte laut. »Mann, du mußt die Knete ja wirklich dringend brauchen, Angelo. Angenommen, ich würd mich drauf einlassen, und dann passiert was während der Übergabe. Ich wär mein Geld los und die Waffen dazu. Nee, Baby, so was würd ich nie riskieren. Ich könnte es nich ertragen, zwei Dinge auf einmal zu verlieren. Würde mich schon hart genug treffen, wenn die Bullen unsere Übergabestelle stürmen, aber es würde mich mit Sicherheit ruinieren, wenn ich dabei auch noch mein ganzes Geld verliere.« Der große, schlanke schwarze Mann stand hinter seinem Schreibtisch auf und deutete damit an, daß das Treffen beendet war. Er ging um den Schreibtisch herum, nahm Angelos Arm und führte den weißen Mann zur Tür. »Um dir zu zeigen, wie sehr ich um dein Wohlergehen besorgt bin, werd ich dich sogar bis zu deinem Wagen begleiten, Angelo, damit dich keiner wegen der paar Kröten überfällt, die du dir grade verdient hast. Ich will keinen Scheiß von dir hören. Du weißt, was ich meine, oder? Von wegen, daß du mich in 'ner Stunde anrufst und mir weismachen willst, daß du ausgeraubt worden bist. Also, Baby, werd ich verdammt aufpassen, daß es nich passiert.«

Das tiefe Gelächter des schwarzen Mannes dröhnte laut nach draußen, als sie das Vorzimmer durchquerten. Keiner der beiden beachtete die anderen schwarzen Männer, die dort herumstanden. Zwei der Männer lehnten am Fenster und spähten hinaus. Einer von ihnen warnte Kenyatta, bevor er die Tür öffnete.

»Hey, Baby, vielleicht hältst du dich besser zurück. Da drüben haben zwei Detectives ihr Auto geparkt. Die sitzen da schon, seit der Fettklops vor unserm Club angehalten hat. Wir ham erst gedacht, daß es zwei von sein Jungs sind, die ihn ein bißchen beschützen sollen, verstehste, aber wir ham die beiden ausgecheckt, und es sin die zwei Detectives vom Morddezernat. Der weiße und der schwarze Bulle, die immer zusammenarbeiten.«

Kenyatta hielt mit der Hand am Türknauf inne, unentschlossen, was er tun sollte. »Und du sagst, die haben von da draußen den Club ausgecheckt, was?« fragte er, während sich seine Gedanken überschlugen.

»Nee«, antwortete derr lange, knochige Schwarze namens Jug. »Nee, ich hab nich gesagt, daß sie unsern Laden ausgecheckt ham. Ich hab gesagt, daß es so aussieht, als ob sie den Wagen von dem Fettklops überprüfen.«

Während Jug sprach, starrte Angelo den Mann an. Er schüttelte den Kopf. Sie sahen alle gleich aus, nur daß der hier Haare hatte. Wenn er sich den Schädel rasierte, würde er wahrscheinlich genauso aussehen wie Kenyatta, dachte Angelo im stillen.

In gewisser Weise hatte er recht. Kenyatta und Jug waren fast gleich groß, und beide Männer hatten den gleichen schlanken

Körperbau mit den breiten Schultern und der schmalen Taille. Männer, die für Macht, Schnelligkeit und explosive Action gebaut waren.

»Gottverdammt, Kenyatta, ich hab dir ja gesagt, daß du besser rüberkommst und die Scheiße selbst abholst. Jetzt krieg ich's in der Gegend hier auch noch mit der scheiß Polizei zu tun. Mann, es ist Jahre her, seitdem ich 's letzte Mal von den Bullen angehalten wurde. Ich kann so 'ne Scheiße jetzt wirklich nicht gebrauchen, aber was soll ich jetzt machen? Ich kann mit Sicherheit nicht den ganzen Tag hier in eurem Laden verbringen.«

Es war der Ton des Mannes, der ihn so unangenehm machte. Trotzdem die Polizei draußen herumschnüffelte, wollte Kenyatta den fetten Weißen loswerden. Er warf einen Blick über seine Schulter und schnippte dann mit dem Finger.

»Betty!« befahl er mit zorniger Stimme, und die große, schwarze Frau eilte sofort herbei. »Honey, ich will, daß du den Typ hier zu seinem Wagen bringst. Leg den Arm um ihn, du weißt schon, laß es so aussehn, als ob er gerade damit fertig geworden is, 'ne schwarze Muschi zu ficken. Die Bullen stehen da drüben rum, und wir würden sie gern an der Nase rumführen, also mach deine Sache gut.«

Sie blickte überrascht zu ihm auf. »Okay, Honey, du weißt ja, ich mach alles, was du willst.«

Allen war klar, daß es Kenyatta absolut nicht gefiel, was er Betty da zumutete. Er mußte sich abwenden, als sie Angelos Arm nahm und mit ihm zur Tür hinausging.

Kenyatta stolzierte zurück in sein Büro und knallte die Tür zu. Er wollte von niemandem gestört werden. Er biß derart fest die Zähne zusammen, daß sein Kiefer schmerzte. Es war das erste Mal, daß er seine Frau auf so eine Art benutzen mußte. Es wäre ihm lieber gewesen, sie hätte Angelo umgebracht, als mit ihm hinauszugehen und so zu tun, als sei der fette Weiße ihr Liebhaber.

Betty begleitete den fetten Mann nach draußen. Sie legte den Arm um seine dicke Taille und hielt ihn fest umschlungen. Sie schnüffelte und versuchte dann, die Luft anzuhalten. Der fette Mann strömte einen Geruch aus, der ihr zuwider war. Es wäre absurd gewesen, so zu tun, als würde sie es nicht riechen, denn sie konnte ihre Reaktion nicht verbergen. Schnell rückte sie ein Stück von ihm weg, hielt seine Taille jedoch weiterhin umschlungen. Aber ein Blick in ihr Gesicht mit der gekrausten Nase reichte aus, um ihre Abneigung zu sehen.

So offensichtlich es auch war, Angelo schien nichts von alledem zu merken. Er war zu sehr mit dem Polizeiwagen beschäftigt, der auf der anderen Straßenseite parkte. Er fummelte in seiner Hosentasche herum, bis er den Autoschlüssel fand, und beabsichtigte dann, bei den zuschauenden Polizisten einen unbeschwert fröhlichen Eindruck zu hinterlassen. Er spitzte die wulstigen rosa Lippen und versuchte, Betty einen Kuß zu geben, aber sie wollte nichts davon wissen. Sie ließ es nicht einmal zu, daß er ihre Wange küßte. Schnell befreite sie sich aus seiner Umarmung.

»Wir brauchen's wirklich nich übertreiben«, sagte sie schroff, während sie immer noch lächelnd und grinsend von ihm abrückte. Das Lächeln hatte ihre kalten schwarzen Augen jedoch völlig unberührt gelassen.

Auf die beiden Polizisten, die die Szene aus einiger Entfernung beobachtete, machte ihr kleines Schauspiel genau den Eindruck, den sie sich erhofft hatten.

»Also leck mich fett«, knurrte Benson. »Da hocken wir hier den halben Vormittag und verschwenden unsere Zeit mit diesem Scheißkerl, und der ist die ganze Zeit da oben und bumst eine von Kenyattas Huren!«

Ryan fing ebenfalls laut an zu fluchen. »Sieht so aus, was? Der ist wahrscheinlich hergekommen, um die Miete einzutreiben, und die Braut hat sie mit ihrem Arsch bezahlt.«

Die beiden Detectives sahen, wie der fette Mann langsam an ihnen vorbeifuhr. Es schien, als ob er im Vorbeifahren versuchte, mit einem Taschentuch Lippenstift von seiner Wange zu wischen.

»Und was jetzt?« fragte Ryan ruhig und scheinbar tief in Gedanken. Irgend etwas stimmte nicht, aber er war einfach nicht in der Lage, mit dem Finger darauf zu zeigen.

»Ich weiß nicht«, antwortete Benson. »Vielleicht wär's ja besser, wenn wir mal reinschauen. Aber ich glaube, ich fahr nach Hause und ruh mich ein bißchen aus. Es scheint, als ob wir vor lauter Bäumen den Wald nicht sehen.«

Ryan nickte. »Es liegt direkt vor uns, Ben, aber aus irgendeinem verdammten Grund können wir's nicht sehen. Vielleicht hast du recht. Mag sein, daß wir besser denken können, nachdem wir uns etwas ausgeruht haben. Setz mich zu Hause ab, ja?«

Benson nickte zustimmend. »Ich hol dich dann heute abend wieder ab, sagen wir, um zehn.« Keinem der beiden war danach, das Gespräch fortzuführen, und so schwiegen sie, bis Benson an der Carpenter Street anhielt, um seinen Partner abzusetzen.

»Wir haben irgendwas übersehen, Ben«, sagte Ryan kopfschüttelnd. »Ich weiß, verdammt noch mal, nicht, was es war, aber ich habe das Gefühl, daß uns was entgangen ist, was wir hätten merken müssen.«

»Vielleicht«, antwortete Benson. »Nachdem du's überschlafen hast, fällt's dir bestimmt wieder ein«, sagte er grinsend, dann legte er den Gang ein und fuhr davon. Während er auf dem Weg nach Hause war, ließ ihm derselbe Gedanke keine Ruhe, und plötzlich traf es ihn wie eine Tonne Ziegelsteine.

Kenyatta war ein militanter Schwarzer. Es war völlig unmöglich, daß er einer seiner schwarzen Frauen erlaubte, mit einem Weißarsch anzubändeln. Das würden sie niemals zulassen. Seine Gruppe war gegen jeglichen Umgang mit Weißen, also war das Ganze nur ein Täuschungsmanöver gewesen. Eine Posse, um die beiden dummen Detectives auf der Straße an der Nase herumzuführen. Er trat auf die Bremse und machte kehrt. Es war zu wichtig, um aufgeschoben zu werden. Ryan hatte die Autonummer von dem fetten Mann, und er brauchte sie jetzt dringend. Es sah so aus, als ob keiner der beiden an diesem Nachmittag zum Schlafen kommen würde. Dieser Hinweis war viel zu gut, um ihn zu ignorieren, und der ganze Fall war viel zu heiß, um nicht jede Spur zu überprüfen, auf die sie stießen. Als er vor Ryans Haus angekommen war, drückte er einfach auf die Hupe. Nach wenigen Sekunden kam sein Partner aus dem frisch gestrichenen weißen Haus.

Ryan mußte etwas geahnt haben, denn er rannte förmlich die grauen Stufen hinunter. Als er den Wagen erreichte, steckte er gar nicht erst den Kopf durch das offene Fenster, um zu sehen, was Benson von ihm wollte, sondern öffnete gleich die Tür und stieg ein. In wenigen Sekunden hatte Benson ihm erklärt, warum er zurückgekommen war.

Während Benson sprach, schüttelte Ryan ständig den Kopf. »Ich hab's gewußt«, explodierte er. »Es war die ganze Zeit da, genau vor unserer Nase, aber keiner von uns konnte mit dem Finger drauf tippen. Verschwenden wir also keine Zeit mehr. Fahren wir zum Hauptquartier. Dieser fette Mistkerl hat besser 'ne weiße Weste, denn wir werden seinen Arsch ganz schön durch die Mangel drehen.«

7

Während Kenyatta auf die Abschußliste in seiner Hand starrte, schoß ihm ein irres Gefühl der Erregung durch die Venen. Jetzt konnten sie mehr tun, als einfach nur zu existieren. Die fünf Riesen, die er dafür bezahlt hatte, waren gar nichts. Geld bedeutete ihm sowieso sehr wenig. Es war nur ein Mittel, um jene Dinge zu erreichen, die er für seine Leute wollte. Jetzt konnten sie anfangen, gegen die Dopepusher vorzugehen, gegen jene, die die ganze Stadt versorgten, und nicht nur gegen die kleinen Straßendealer, die das Zeug vertickerten, um ihre eigene Sucht zu finanzieren.

Sein Blick wanderte durch die Wohnung. Er hatte die Nachricht weitergegeben, und allmählich hatten sich alle Mitglieder eingefunden. Lautes, heiseres Lachen ertönte aus dem Vorderzimmer, wo eine Gruppe Leute wartete. Es war so weit, und jeder konnte das spüren. Die Mitglieder waren in einer fröhlichen und aufmerksamen Stimmung. Kenyatta hatte ihnen mitteilen lassen, daß sie sich alle auf der Farm einfinden sollten, und jeder traf seine Vorbereitungen für die Fahrt aufs Land.

Die Leute in den verschiedenen Räumen verursachten eine wahre Kakophonie von Geräuschen. Es herrschte eine Atmosphäre geselliger Fröhlichkeit, während sich jeder auf den Ausflug freute. Einige Autos waren bereits abgefahren, damit alles vorbereitet war, wenn der Großteil der Gruppe auf der Farm eintraf.

Betty saß auf der Armlehne des dickgepolsterten Wohnzimmerstuhls neben Kenyatta und bedachte jeden mit einem strahlenden Lächeln. »Eddie-Bee«, rief Kenyatta laut. »Hey, Eddie-Bee, ich dachte du wolltest den Kombi zu Johnnie's bringen und die Zündung reparieren lassen.«

»Hab ich schon, Baby, hab ich schon, aber ich muß doch nich die ganze Zeit da rumsitzen und warten, bis die fertig sin. Johnnie hat gesagt, daß er anruft, sobald sie den Wagen fertig ham. Den Buick machen die auch klar, der braucht 'n neuen Auspuff. Ich hab ihm gesagt, daß wir beide Autos so schnell wie möglich brauchen, und er meint, daß wir ihm dreißig bis vierzig Minuten geben sollen, dann hat er sie fertig.«

Kenyatta antwortete Eddie-Bee mit einem zufriedenen Lächeln. »Mein Bester«, sagte er laut, »das is genau das, was ich an den Brüdern in dieser Organisation so schätze. Ihr redet keine Scheiße. Ihr seid alle trainiert worden. Ihr haltet zusammen und seid bereit, es mit dem weißen Mann aufzunehmen, während unsere Brüder auf der Straße immer noch von der Scheiße des weißen Mannes geblendet werden.« Während er sprach, bekam Kenyattas Stimme einen belehrenden Ton. »Jeder einzelne von euch, der in diesem Moment hier in diesem Raum sitzt, is trainiert worden, bis er wie eine Maschine reagiert. Gefährlich für jene, die versuchen, mit euch fertigzuwerden, und es auf die falsche Weise versuchen.« Die Leute im Raum verstummten und hörten ihrem Anführer zu. Was er sagte, entsprach der Wahrheit. Jeder von ihnen war ein ausgebildeter Killer, die Frauen genauso wie die Männer. Es gab nicht eine Person in dem gesamten Gebäude, die nicht auf Kenyattas Befehl hin einen Weißen oder sogar einen Schwarzen umbringen würde. Sie alle waren Mörder, ausgebildet in der Kunst des Tötens.

Selbst die große, attraktive schwarze Frau, die an seiner Seite saß, konnte Frauen oder Kinder umbringen, wenn es notwendig wurde. Kenyatta hatte seine kleine Gruppe von Anhängern so gut trainiert, daß ein Akt der Gewalt keine Schuldgefühle in ihnen auslöste, egal, wie brutal er auch sein mochte. Was immer sie taten, sie bezeichneten es als ausgleichende Gerechtigkeit – schwarze Gerechtigkeit. Es war die einzige Gerechtigkeit, die eine Bedeutung für sie hatte. Daß die weiße Gerechtigkeit eine Farce war, konnte jeden Tag in den Gerichtssälen beobachtet werden – eine Gerechtigkeit für die Reichen auf Kosten der Armen.

»Red is schon zur Farm rausgefahren«, fuhr Kenyatta fort. Jeder hörte still zu, was er zu sagen hatte. »Ich hab ihn und seine Lady zusammen mit 'nem andern Pärchen vorgeschickt. Sie haben die meisten Waffen schon mitgenommen, damit wir uns nich um den Transport kümmern müssen. Ich bin mir nich sicher, aber es kann sein, daß die Polizei unsern Club beobachtet. Wenn ich sage, daß ich nich sicher bin, mein ich damit, daß ich nich wüßte, warum sie sich die Mühe machen sollten, uns zu beobachten. Schließlich stellen wir ja nix an.« Seine Worte brachten seine Zuhörer zum Lachen.

Langsam, gleich einem geübten Schauspieler, hob Kenyatta seine Hände und bat um Ruhe. »Ich will jetzt nich wirklich ins Detail gehen, aber wir haben endlich, worauf wir so lange warten mußten. Ich hab die Namen der größten Weißärsche dieser beschissenen Stadt. Ich rede von den gottverfluchten Schweinen, die draußen in Grosse Point City wohnen, während sie ihr Dope hier im Zentrum der Stadt verkaufen. Natürlich müssen sie sich nich herbemühen und ihre Dope selbst unter die Leute bringen, denn sie haben einen guten Nigger als Mittelsmann, den sie den Kingfisher nennen. Aber wenn wir diesem Kingfisher erst mal den Arsch weggeblasen haben, dürfte es ihnen mächtige Schwierigkeiten bereiten, einen andern guten Nigger wie Kingfisher zu finden!«

Ein Toben ging durch die Versammlung, ähnlich dem Tosen des Meeres, wenn sich ein Sturm zusammenbraut. Und in diesem Moment braute sich in der kleinen Wohnung tatsächlich ein Sturm zusammen. Es hatte schon vor vielen Jahren begonnen, lange bevor viele der jungen, engagierten Schwarzen geboren waren.

Zeke, der lange Mann mit der hellbraunen Haut, der auch bei dem Überfall dabeigewesen war, meldete sich zu Wort. »Mit verdammter Sicherheit wird's allmählich Zeit, Ken«, stellte er fest, wobei er Kenyatta mit seinem Kurznamen ansprach, den nur seine engsten Freunde benutzten.

Plötzlich ertönte die Klingel am Hintereingang. Sofort waren die Leute in der Wohnung still, und jeder fragte sich, wer da wohl die Tür benutzte, die nur über die hintere Zufahrt zu erreichen war. Um zur Hintertreppe zu gelangen, mußte man eine schmale Gasse entlanglaufen und dann eine mit Müll überladene Garage durchqueren, danach befand man sich in einem kleinen, geschlossenen Hof. Und von dort aus gelangte man nur in das Gebäude, wenn man die Klingel an der Hintertür benutzte. Da es sich um ein abgeschlossenes Treppenhaus handelte, das von dort nach oben führte, mußte jemand hinuntergehen und die Tür öffnen.

Die Leute warteten schweigend ab, um zu sehen, wer dort kam. Betty rutschte nervös auf ihrem Sitz herum, als sie den Neuankömmling erkannte. Sobald der Mann den Raum betrat, wußte jeder, wer er war. Er gehörte zu den Personen, die man aus jeder Menge herauspicken konnte. Jeder reagierte anders auf seine Ankunft, doch die Reaktion der Frauen war am deutlichsten. Betty war nicht die einzige Frau, die erschrocken zurückfuhr.

Der Mann trug einen langen schwarzen Mantel, der seinen hochaufgeschossenen, knochigen Körper wie ein Cape umhüllte. Unter der runden Kuppe seines kahlgeschorenen Schädels lagen zwei große, schwarze Augen über einer stark ausgeprägten, schnabelförmigen Nase. Seine Mundwinkel waren eingefallen, die Lippen faltig und spröde, und sein scharf geschnittenes Kinn bog sich gleich einem Haken nach oben. Während er mit einer dunkelbraunen Hand über die knochige Kontur seines Kiefers strich, starrte er die Leute in dem Raum mit kalten Augen an. Unter dem forschenden Blick dieser stumpfen schwarzen Augen zwangen sich einige der Anwesenden zu einem schwachen Gruß, während andere schnell wegsahen, als hätten sie den sondierenden Blick nicht bemerkt. Die Atmosphäre in dem Raum hatte sich abrupt geändert. Es war, als breite sich etwas Unsauberes, etwas Fauliges, Schleimiges aus.

Kennyatta schien der einzige im Raum zu sein, der die Veränderung nicht bemerkte. »Wie geht's, Creeper?« fragte er, als der Mann vor ihm stehenblieb.

Betty stand schnell von ihrem Stuhl auf und ging zur Küche. »Ich glaub, ich hol mir noch'n Drink. Willst du auch einen, Daddy?« fragte sie.

»Nee, Baby, ich nich, aber vielleicht möchte Creeper was trinken.« Er sah zu dem Mann auf. Als sich ihre Blicke trafen, spürte er, wie sich alles in ihm vor Entsetzen zusammenzog. Dieser Mann hatte etwas an sich, das er einfach nicht begreifen konnte. Er war ein völlig Fremder in seiner eigenen Welt. Der Creeper war eines seiner ältesten Mitglieder. Er engagierte sich für nichts außer Kenyatta, und das nur, weil Kenyatta ihm das Leben gerettet hatte. Nachdem er von der Polizei angeschossen worden war, hatte Kenyatta den schwer verwundeten schwarzen Mann in seinem Versteck in einem Hinterhof gefunden und ihn mit nach Hause genommen. Er hatte seine Wunden versorgt und ihm einen Platz zum Wohnen gegeben. Aus Dankbarkeit für diese Hilfe war der schwarze Mann, den sie alle den Creeper nannten, zu Kenyattas Schatten geworden.

»Also, was darf's sein, Creeper?« fragte Betty, ohne die Ablehnung in ihrer Stimme zu unterdrücken.

»Hab ich dich um irgendwas gebeten?« antwortete der Creeper und kehrte ihr dann den Rücken zu, als wäre sie gar nicht da. Aus irgendeinem merkwürdigen Grunde war Betty die einzige in Kenyattas Organisation, die der Creeper wirklich haßte. Nicht einmal er selbst konnte die Intensität seines Hasses auf diese Frau verstehen. Er beschuldigte sie, zwischen ihm und Kenyatta zu stehen, aber die wirkliche Ursache lag tiefer. Noch nie in seinem Leben hatte er sich für einen anderen Menschen interessiert. Dann hatte Kenyatta ihm das Leben gerettet. Aber es war nicht nur diese gute Tat, es war die Art und Weise, wie Kenyatta ihn behandelte – nämlich wie einen Mann. Kenyatta wandte sich wegen seines Äußeren nicht entsetzt von ihm ab. Seit Jahren war er sich seines Aussehens bewußt, denn schon als Junge wurde er von den anderen Kindern Creeper genannt, weil er dem Mann, der den Creeper in den Filmen spielte, so ähnlich sah. Mit der Zeit hatte er sich daran gewöhnt, und es war ihm egal, wie sie ihn nannten. Er war ein Mann, der ein einsames Leben geführt hatte, bis ihm Kenyatta über den Weg gelaufen war.

Der Mann überragte Kenyatta, bis Kenyatta anfing, sich unbehaglich zu fühlen. »Nun, was is los, Bruder? Du scheinst was auf dem Herzen zu haben, aber du sagst nix.«

Als Antwort ließ der Creeper den Blick über die anderen Mitglieder im Raum schweifen. »Du kennst mich gut genug, um zu wissen, daß ich nix vor denen da sage«, antwortete er so laut, daß es jeder hören konnte. »Wenn erst mal einer von diesen Niggern in der Klemme sitzt, läßt er den ganzen Laden hochgehn, Kenyatta, wart's ab.« Bevor Kenyatta antworten konnte, öffnete der Creeper seinen Mantel. »Ich hab die kleine Sache erledigt, um die ich mich für dich kümmern sollte«, sagte er schroff, ohne sich die Mühe zu machen, seinen Mantel wieder zuzuknöpfen.

Eine Minute lang konnte Kenyatta nicht klar denken. Der Mann, der da vor ihm stand, war über und über mit Blut besudelt. Wovon spricht der Mann? fragte sich Kenyatta im stillen. Er erinnerte sich, daß er den Mann gebeten hatte, Kingfishers rechte Hand auszuchecken, aber davon abgesehen, wußte er nicht, was der Mann meinte.

Kenyatta erhob sich mit einer geschmeidigen Bewegung von

seinem Stuhl und gab ihm ein Zeichen mit dem Kopf. »Komm«, sagte er und führte den Mann zur Schlafzimmertür. Er wollte der Sache auf den Grund gehen, je eher, desto besser. Etwas war passiert, und was immer das sein mochte, es hatte mit einem Blutbad geendet.

Auf der anderen Seite der Stadt lief der Kingfisher in seinem Penthouse auf und ab, als hätte ihm eine unbekannte Macht den Verstand geraubt. Die Nachricht, die ihn gerade erreicht hatte, war so schockierend, daß er es einfach nicht glauben konnte. Der Kingfisher war an Tod und Gewalt gewöhnt, aber nicht, wenn es sich um einen brutalen Fall von Verstümmelung handelte, noch dazu in seinem engsten Kreis.

Während der Kingfisher in seinem Penthouse auf und ab lief, murmelte er immer wieder vor sich hin: »Scheiß nah dran, viel zu nah dran . . . wenn sie meine rechte Hand umbringen können – « Er schüttelte den Kopf, zutiefst erschüttert über diesen mörderischen Racheakt.

8

Nach dem brutalen Mord, den Kingfishers Killer an Kenyattas Leuten begangen hatten, hatte Kenyatta eine Person zu sich bestellt und ihr einen Auftrag gegeben: Finde heraus, wer dafür verantwortlich ist, und erledige alles Weitere, wenn du kannst. Der Mann hatte nicht lange gebraucht, um herauszufinden, von wem der Befehl ausgegangen war, und nachdem er Kenyatta mitgeteilt hatte, daß der Kingfisher dahintersteckte, erhielt er weitere Anweisungen: Wenn du nicht an den ganz großen Fisch herankommst, schnapp dir den nächstgrößeren Fisch im Teich. Doch das war gar nicht so leicht. Der nächstgrößere Fisch war Kingfishers rechte Hand Sam. Sam war genauso unerreichbar wie der Kingfisher – oder besser gesagt, *fast* genauso unerreichbar.

Der Creeper brauchte eine Weile, um die Schwachstelle ausfindig zu machen. Er hatte die unheimliche Fähigkeit und Ausdauer, weiterzuforschen, wenn andere längst aufgegeben hatten. Der Creeper war davon überzeugt, daß jeder Mensch irgendwo einen wunden Punkt hatte. Man mußte nur lange genug danach suchen, dann blieb einem letzten Endes nichts verborgen.

Was Kingfishers rechte Hand, Vertrauten und persönlichen Leibwächter, nämlich Sam, betraf, dauerte es nicht allzu lange, bis die Wahrheit ans Licht kam. Nachdem der Creeper erst einmal wußte, daß Sam eine Frau, zwei Töchter und einen vier Jahre alten Jungen hatte, war es nur noch eine Frage der Zeit. Der Mann, der an dem Tod der vier Mitglieder aus Kenyattas Organisation mitverantwortlich war, würde früher oder später zu Hause auftauchen. Doch der Creeper hatte nicht die Geduld zu warten, bis sich Sam dazu entschloß, seiner Frau und seinen Kindern einen Besuch abzustatten. Er nahm sich vor, die Angelegenheit ein bißchen zu beschleunigen. Da er seine Befehle bereits erhalten hatte, hielt er es nicht für nötig, Kenyatta von seiner Entscheidung in Kenntnis zu setzen. Nach bestem Vermögen kümmerte er sich um das, was ihm aufgetragen worden war.

Mary, die Frau, die den Fehler begangen hatte, dem Gangster Sam zwei Kinder zu gebären, wußte nichts von den Geschäften ihres Mannes. Sie wußte lediglich, daß er gut verdiente. Er war der erste schwarze Mann in ihrem Leben, der sich so gut um sie und die Kinder kümmerte, daß sie sich nicht um den Unterhalt sorgen mußte. Wann immer sie Geld brauchte, rief sie ihn einfach an, erklärte ihm, wozu sie es brauchte und wieviel. Es machte ihr nichts aus, daß sie keine Heiratsurkunde besaß. Sam kümmerte sich besser um sie als der Mann, mit dem sie zuvor verheiratet gewesen war. Die Ehe hatte nicht länger als zwei Jahre gehalten, und in diesen zwei Jahren hatte sie Schlimmeres durchgemacht als andere Frauen in ihrem ganzen Leben. Aber die Ehe war rechtmäßig gewesen. Sie verwahrte den Beweis für ihre erste Ehe in einer Stahlkassette im Schrank, doch in Wirklichkeit hatte die Urkunde keine Bedeutung für sie. Die beiden Mädchen, die sie mit Sam gezeugt hatte, waren ein stärkerer Beweis als jedes Stück Papier.

Ihre beiden Töchter waren unehelich geboren, aber soweit es Mary betraf, betrachtete sie Sam als ihren Mann, auch wenn die beiden niemals einen Pfarrer bemüht hatten. Sam war allen seinen Kindern ein guter Vater. Wann immer er den Mädchen etwas kaufte, dachte er auch daran, dem Jungen etwas mitzubringen. Die beiden Mädchen waren drei Jahre und fünfzehn Monate alt und wurden von ihrem Vater wie kleine Püppchen behandelt, wann immer er die Zeit fand, sich mit ihnen zu beschäftigen. Die meiste Zeit war er jedoch nicht zu Hause, sorgte aber dafür, daß es ihnen nie an etwas mangelte. Eines der wenigen Dinge, die Sam im Leben wirklich Freude bereiteten, war das Vergnügen, wenn er seinen Kindern etwas kaufen konnte. Spielsachen, auf die er als Kind verzichten mußte, weil kein Geld da war.

Auf diese Weise lebte die kleine Familie glücklich und zufrieden bis zu dem Tag, an dem Marys Sohn David von einem fremden Mann nach Hause gebracht wurde. Der Mann war monströs und häßlich. Mary fragte sich, wie die Vorschule einen solchen Mann beschäftigen konnte, doch sofort bereute sie diesen Gedanken. Auch dieses menschliche Wesen hatte ein Recht zu leben. Und mit Sicherheit hatte er sein Aussehen nicht selbst gewählt. Wer war sie also, daß sie diesen armen Menschen nach seinem Äußeren beurteilte? Von Mitleid überwältigt, öffnete sie die Tür und ließ den Mann, der ihren strampelnden Sohn festhielt, eintreten.

»Was hat er denn in der Schule angestellt?« brachte sie heraus, als sie das Haus betraten. »Müssen Sie ihn denn so grob anfassen?« fragte sie, während David versuchte, sich aus dem brutalen Griff des Mannes zu befreien. Tränen strömten über Davids Wangen, selbst nachdem der Mann ihn losgelassen hatte. Der Mann blickte sich in dem Haus um. Er bemerkte die teure Brücke auf dem dunkelbraunen Teppichboden, der farblich auf die goldbraunen Möbel abgestimmt war. Das Sofa und die passenden Sessel, der Couchtisch mit der Marmorplatte und die marmornen Beistelltischchen; alles vermittelte einen Eindruck von dem guten Leben, das hier geführt wurde.

»Mmh, Sam scheint's ja wirklich nich schlecht zu gehn, hab ich recht?« fragte der Mann. Seine Stimme war tief und hatte einen spitzen Unterton.

Als Sams Name fiel, schien Marys Herz stillzustehen. Ihr wurde sofort klar, daß es hier nicht um etwas ging, das ihr Sohn in der Schule ausgefressen hatte. Der Mann hatte David als Vorwand benutzt, um ins Haus zu gelangen. O mein Gott, dachte sie im stillen. Plötzlich fing das Baby im Laufstall an zu schreien, der direkt im Wohnzimmer stand.

Als sie auf den Laufstall zuging, sagte sie: »Hier muß irgendwo ein Irrtum vorliegen. Dieser Sam, von dem Sie sprechen, wohnt nicht hier.«

Um zu dem Baby zu gelangen, mußte sie zwischen dem Mann und dem Couchtisch durchlaufen. Er holte aus und zerrte sie zurück.

»Wenn ich du wäre, Süße«, sagte der Creeper kalt, »würd ich mich nich so sehr um das schreiende Baby kümmern.«

»Zufälligerweise sind Sie's aber nicht!« brüllte Mary ihn an, während sie versuchte, ihren Arm loszureißen.

Was dann passierte, erschien ihr mehr wie ein Traum als die Wirklichkeit. Es war so lange her, daß jemand die Hand gegen sie erhoben hatte. Er hob seine Hand langsam, zumindest kam es Mary so vor, und schlug sie zweimal ins Gesicht. »Jetzt hör mal, Süße«, begann er mit derselben Singsangstimme, »ich will, daß du ein bißchen hilfsbereit bist.« Als er den trotzigen Blick in ihren Augen sah, grinste er. »Das ist kein Witz, Mädchen. Wenn dir das Leben deiner Kinder lieb is, dann tust du genau, was ich dir sage.« Er schubste sie auf das Sofa, und ihr Morgenmantel flog auf, aber das kümmerte sie wenig. Wenn eine Vergewaltigung alles war, was der Mann im Sinn hatte, würde sie es über sich ergehen lassen, wenn er es nur schnell hinter sich brachte und ebenso schnell wieder verschwand, wie er gekommen war, ohne jemanden wirklich zu verletzen. Aber im tiefsten Inneren wußte sie, daß es nicht so einfach sein würde. Dieser Mann war nicht daran interessiert, sie zu ficken. Sie spürte etwas Monströses und Groteskes an ihm, etwas Böses, das sie nicht ganz begreifen konnte.

Von Widerwillen geschüttelt, schaffte sie es zu fragen. »Was wollen Sie denn?«

»Aber Kindchen, das hab ich doch schon gesagt. Sam. Ich will die große Nummer. Sam, dein Mann.« Dann fing er an zu lachen, kalt und beängstigend, daß einem das Blut in den Adern gefror.

Sie versuchte es erneut. »Bitte, ich hab Ihnen doch schon gesagt, daß . . .« Die Lüge blieb ihr im Hals stecken, als der Mann ein Rasiermesser aus der Tasche zog und es schnell aufschnappen ließ.

»Stimmt, Kindchen«, sagte er in demselben merkwürdigen Ton. »Ich bin nich hier, um blöde Spiele zu treiben. Also, wenn du weiterlügst, schneid ich dem Jungen direkt vor deinen Augen die Kehle durch.«

Konnte dies alles Wirklichkeit sein, passierte es tatsächlich? Sie wollte sich in den Arm kneifen, um zu sehen, ob sie träumte. Mary versuchte, ihre Augen zu schließen und wieder zu öffnen, es war einfach zu furchtbar, um wahr zu sein. Der Mann konnte unmöglich so blutrünstig sein und ihren Sohn umbringen. Allein der Gedanke daran war einfach zu viel für ihren Verstand.

»Bitte!« Sie machte eine kleine, schwache Geste mit ihrer Hand in dem Versuch, das auszudrücken, wozu ihr die Worte fehlten. Sie konnte es immer noch nicht glauben, daß der Mann ihrem Kind etwas antun würde.

»Hören Sie, ich hab keine Möglichkeit, Sam zu erreichen. Er ruft mich an.«

Die Worte hatten kaum ihre Lippen verlassen, als der Mann seine Drohung wahrmachte. Es war, als ob er ein Kalb schlachtete. Er riß den kleinen Jungen an sich und schnitt mit dem scharfen Rasiermesser seiner Kehle durch, noch bevor ihr bewußt wurde, was passiert war. Das Blut, das sofort aus der Wunde strömte, brachte sie wieder zur Besinnung. Der Mann schubste den Jungen von sich, und das Kind sackte zu Boden.

Die Frau stieß einen animalischen Schmerzensschrei aus, als sie zu ihrem Kind stolperte. Es gab nichts, was sie noch tun konnte. Während sie das Kind an sich preßte, strömte das Leben aus ihm heraus und in ihren Schoß. Vom Boden aus starrte sie zu dem Mann hoch; der Schock hatte sie fast um den Verstand gebracht.

»Da waren's nur noch zwei«, sagte er ruhig, während er auf das kleine Mädchen im Laufstall zuging. Sie war noch so klein. Sie stand da, sah zu dem Mann auf und wartete mit ausgestreckten Armen darauf, daß er sie hochhob.

Etwas tief in ihrem Innersten warnte Mary, daß sie ihre Verzweiflung unter Kontrolle bringen mußte, wenn sie den Rest ihrer Familie retten wollte. »Bitte, hören Sie auf!« schrie sie. »Ich ruf ihn an.« Mit diesen Worten fing sie an zu weinen. Ihr Weinen war nicht krampfartig, sondern still und voller Schmerz. Ein Schmerz, der niemals die wohltuende Erleichterung in Tränen finden würde.

»Mami, Mami«, weinte die dunkelhaarige Dreijährige, »was is los, Mami?«

Mary zog das Kind an sich, ihr Arm hielt das Mädchen fest umklammert. Mary war eine große Frau von Ende Zwanzig. Sie war kräftig und durch die Geburt ihrer drei Kinder hatte sie einen schweren Körperbau. Sie hatte stramme Arme, denen man die Kraft ansah – sie war eine Frau, die neben ihrem Mann auf dem Feld arbeiten konnte, wenn es nötig war.

Das kleine Mädchen mit den winzigen Zöpfchen rechts und links am Kopf fing an zu weinen. Es wollte, daß sich der große Mann neben dem Laufstall zu ihm hinunterbückte und es hochhob.

Ungeduldig langte der Creeper mit der Hand nach unten und streichelte den Kopf der Kleinen. In der anderen Hand hielt er das blutige Rasiermesser. Mary sah auf, und ihr blieb fast das Herz stehen.

»Bitte«, flehte sie, »ich ruf an, ich ruf an.« Ihre Hände tasteten wild nach dem Telefon. »Bring Mami das Telefon«, sagte sie zu dem kleinen Mädchen neben ihr. Das kleine Mädchen rannte sofort los, zog das Telefon von einem der Beistelltische und schleppte es zu seiner weinenden Mutter. Lautlos strömten die Tränen über Marys Wangen. Sie wußte, daß der kleine Junge, den sie im Schoß hielt, tot war. Ihre einzige Hoffnung lag jetzt darin, ihre Mädchen zu retten. Sam, der große, starke Sam, er würde mit diesem Wahnsinnigen fertigwerden! Der Gedanke schoß ihr durch den Kopf, während sie versuchte, sich an die Nummer zu erinnern, die er ihr für den Notfall hinterlassen hatte. Verzweifelt wählte sie eine Nummer, nur um festzustellen zu müssen, daß es die falsche war. Sie hielt inne und versuchte, einen klaren Gedanken zu fassen. Sie mußte sich konzentrieren. Sie unterdrückte das Verlangen, sich gegen diesen Wahnsinnigen zu schmeißen. Es wäre völlig sinnlos. Wie kräftig sie auch sein mochte, der Mann hatte etwas an sich, das von großer Gefahr zeugte. So verängstigt, wie sie war, fragte sie sich, ob Sam etwas gegen diesen Mann ausrichten konnte. Sie konnte sich nicht vorstellen, daß dieser magere Kerl in der Lage sein würde, so viel Kraft aufzubringen. Nein, Sam würde mit ihm fertigwerden, wenn er erst einmal hier war.

Eine dunkle Ahnung überkam sie, als sie sah, wie der Mann den Kopf ihres Kindes streichelte. »Bitte lassen Sie das Baby in Ruhe«, stieß sie heraus »Ich mach ja schon den Anruf für Sie, also gehen Sie von dem Baby weg.«

Die Hand des Mannes hielt über dem Kopf des Mädchens inne. »Okay, Kindchen«, sagte er leise, während er sich von dem Laufstall abwandte. »Mach du nur dein Anruf.«

Undeutlich hörte sie eine Stimme am anderen Ende der Leitung. »Sam«, platzte es aus ihr heraus. »Ich muß unbedingt mit Sam sprechen!« Es dauerte ein paar Sekunden, dann hörte sie seine kräftige Stimme am anderen Ende. Sie stammelte irgend etwas, von wegen eines der Kinder sei verletzt, und bat ihn dann, sofort herzukommen, damit er das Kind ins nächste Krankenhaus bringen könnte.

Sam hatte die Nachricht verstanden. Eiligst informierte er den Kingfisher und machte sich auf den Weg.

Sam hatte es immer tunlichst vermieden, seine Familie mit seinen Ganovenfreunden in Kontakt zu bringen. Aus irgendeinem Grunde glaubte er, daß es nie Probleme geben würde, wenn er seine Freunde fernhielt. Nichts von dem Schmutz, mit dem er zu tun hatte, würde auf seine Familie abfärben. Es wäre ihm schwergefallen, diese Überzeugung zu begründen, wenn man ihn jemals danach gefragt hätte, aber wie auch immer, er sorgte jedenfalls dafür, daß ihn keiner seiner Freunde besuchte, solange er mit Mary zusammen war.

Nachdem Sam das Penthouse verlassen hatte, war der Kingfisher einen kurzen Augenblick lang unentschlossen, ob er ihm einen seiner Jungs hinterherschicken sollte oder nicht. Doch so schnell ihm der Gedanke gekommen war, so schnell schob er ihn auch wieder beiseite. Sam war sein engster Vertrauter, und wenn er Sam nicht trauen konnte, wem zum Teufel sollte er dann trauen. Später würde er diese Entscheidung jedoch bereuen, denn hätte er sich anders entschieden, wäre er vielleicht in der Lage gewesen, seinen Problemen gleich dort und dann ein Ende zu bereiten.

Sam brauchte weniger als dreißig Minuten, um sein schönes rotes Backsteinhaus in Conant Garden zu erreichen. Es lag in einer schwarzen Gegend, deren Grundstückspreise sich jedoch nur Schwarze mit einem überdurchschnittlichen Einkommen leisten konnten. Er fuhr in die Einfahrt. Als er aus dem Wagen sprang und auf die Haustür zurannte, war er überrascht, daß Mary ihm nicht entgegenkam. Die Frau war ebenso in der Lage, das Kind zu tragen, wie er, und wenn es tatsächlich so schlimm war, wie sie sagte, dann hätte sie an der Tür auf ihn gewartet.

Als er über den gepflegten Rasen lief, sah er, daß die Haustür halb offenstand. Er sprang die Stufen hinauf und blieb erst stehen, als er durch die Haustür gestürmt war. Zuerst traute er seinen Augen kaum, sein Verstand wollte einfach nicht akzeptieren, was er da sah. Mit dem Handrücken rieb er sich die Augen, doch nur, um festzustellen, daß der Anblick immer noch derselbe war, als er sie wieder öffnete. Das erste, was er sah, war seine jüngste Tochter, deren Laufstall so in den Weg geschoben worden war, daß jeder, der das Haus betrat, zuerst um den Laufstall herumgehen mußte, um ins Wohnzimmer zu gelangen. Das kleine Kind lag auf der sauberen Matratze, sauber bis auf das getrocknete Blut von der Schnittwunde an ihrem Hals. Und noch während er zum Laufstall stolperte, sagte ihm sein Verstand, daß die Wunde von einem Rasiermesser stammte. Er wollte sich gerade bücken, um das Kind hochzuheben, aber wieder sagte ihm sein Verstand, daß es eine sinnlose Bemühung war, denn das Baby war tot. Tränen verschleierten seine Augen, als er um den Laufstall herumstolperte. Dann sah er Mary. Sie war an das Ende des Couchtisches gefesselt. Ihre Kehle war auch durchgeschnitten, und sie hatte überall Schnittwunden, als habe sie bis zum bitteren Ende gekämpft. Aber die toten Kinder, die im Wohnzimmer lagen, waren ein Zeichen dafür, wie sinnlos ihr Kampf gewesen sein mußte. Sein dreijähriges Mädchen lag neben der Mutter, doch ihre Kehle war nicht durchgeschnitten. Der Wahnsinnige war von seiner üblichen Methode abgewichen und hatte statt dessen das kleine Mädchen mit den eigenen Zöpfen erdrosselt.

Sam fiel neben der Dreijährigen auf die Knie und betete, daß noch Leben in dem kleinen Körper war. Sein Verstand schrie wieder und wieder: *Wer kann so etwas Grausames tun?* Dies war nicht das Werk eines zurechnungsfähigen Menschen. Wer immer diese wahnsinnige Tat verübt hatte, mußte mehr als nur Genugtuung dabei empfunden haben. Es mußte eine gewisse makabre Faszination auf ihn ausgeübt haben, etwas derart Grausames zu tun. Die Fähigkeit, einen Erwachsenen umzubringen, war eine Sache, Kinder zu ermorden war eine andere. Doch wer in der Lage war, ein Baby abzuschlachten, mußte eine mörderische Bestie sein. Ein Übel, das man sofort zerstören mußte.

In diesem Moment war Sam jedoch zu schmerzerfüllt, um auch nur an Rache zu denken. Derjenige, der das getan hatte, muß dafür büßen, dachte er, doch sein Verstand war wie gelähmt. Konnte dies eine Art Vergeltung für den Anschlag sein, den der Kingfisher befohlen hatte? Es fiel ihm schwer, das nachzuvollziehen. Er dachte, daß er es mit Männern zu tun hätte, und obwohl er wußte, daß es brutale Männer waren, wäre er nie auf die Idee gekommen, daß es sich um Geistesgestörte handelte, und doch war dies die einzige Erklärung für ein derart schreckliches Verbrechen.

Dann hörte er es plötzlich. Zuerst sehr leise, doch als er genauer hinhörte, schien es lauter zu werden. Das leise Lachen hatte fast unhörbar begonnen und dann an Lautstärke zugenommen, bis er feststellen konnte, aus welcher Richtung es kam. Er drehte sich um. Er hatte zuvor nicht versucht, sich vorzustellen, wie die Person aussehen mochte, aber jetzt als er sich umdrehte und die blutbesudelte menschliche Erscheinung vor der bodenlangen Wohnzimmergardine stehen sah, wußte er sofort, daß dieses degenerierte Wesen für die Vernichtung all dessen verantwortlich war, was er im Leben liebte. Während er auf diese menschliche Mißgeburt starrte, wurde der anfangs fast unmerkliche Haß, den er spürte, immer größer, bis er nur noch von dem unstillbaren Verlangen getrieben wurde, dieses Etwas zu zerstören.

Das Lachen, das aus dem Mund des Mannes ertönte, klang nicht einmal menschlich. Er schien jede Sekunde dieser Situation zu genießen. Er weidete sich an dem Schmerz, der den großen, kräftigen Mann erfüllte. Es schien ihm große Freude zu bereiten, Sams verzerrtes Gesicht zu beobachten.

Sam wollte morden und zerstören, doch er wollte auch wissen, warum der Mann das getan hatte. »Warum, Mann, warum die Kinder?« fragte er, während er sich langsam durch das Zimmer bewegte, ohne sich seiner Schritte bewußt zu sein. Immer wieder stellte er die gleiche Frage, während er auf den stummen Creeper zusteuerte, der ihn mit einem verzerrten Grinsen im Gesicht beobachtete.

Die alles umhüllende Leere, die Sams Verstand lähmte, verhinderte jede Überlegung und jegliche Vernunft. Wie ein Roboter bewegte er sich durch den Raum, wie eine Maschine, die nur ein Ziel kannte. Es gab keinen anderen Daseinszweck mehr. Zerstörung, das war das einzige, an das er denken konnte. Er mußte diese Kreatur zerstören, die sein Leben so zerstört hatte. Alles andere war aus seinen Gedanken verschwunden. Es gab nichts, was er sonst noch hätte tun können. Seine Hände verwandelten sich in riesige Klauen. Er ballte sie nicht zu Fäusten, sondern hielt sie ausgestreckt vor sich und bewegte sich langsam weiter auf den Mann zu, der am anderen Ende des Wohnzimmers stand. Er bemerkte nicht einmal die 38er Automatik, mit dem langen Schalldämpfer, die der Mann jetzt in der Hand hielt.

Das Blut an der Kleidung des Mannes machte Sam nur noch rasender. Je näher er kam, um so stärker konnte er den Gestank des Todes riechen, der dem Mann anhaftete. Das Blut war das seiner Familie, seiner Lieben. Immer wieder kam das eine Wort aus seinem Mund, während er sich seinem Ziel näherte. »Warum, warum, warum?«

Der Creeper nahm sich Zeit, konzentrierte sich auf die Brust des stämmigen Mannes. Der erste Schuß schien Sam nicht einmal getroffen zu haben, denn er ging weiter langsam auf den Mörder zu. Doch das schien den Creeper überhaupt nicht zu beunruhigen. Er grinste nur und drückte ein zweites Mal ab. Der Schalldämpfer verhinderte jeglichen Lärm. Die zweite Kugel, die Sam traf, ließ ihn etwas langsamer werden, doch nach einem kurzen Zögern setzte er seinen Weg fort. Die dritte Kugel traf ihn ohne Wirkung, ebenso die vierte. Jetzt glänzten Schweißperlen auf der Stirn des Creepers, als er die Pistole höher hob und zum fünften Mal abdrückte. Die Kugel traf Sam im linken Auge. Er hatte nichts Menschliches mehr an sich, doch der Haß auf das, was dort vor ihm stand, und die Kraft, die daraus erwuchs, hielten ihn auf den Füßen.

Der Creeper wollte zurückweichen, doch die Fensterscheibe blockierte seinen Weg. Der einzige Ausweg führte direkt an Sam vorbei, der sich weiterhin, wenn auch sehr langsam, auf den Mörder zubewegte. Der Creeper, der jetzt nur noch eine Kugel in seiner Pistole hatte, zielte erneut auf sein Opfer. Nichts unter der Sonne konnte sechs gut plazierten Schüssen standhalten. Jedenfalls nichts Menschliches.

Jetzt war Sam nur noch einen halben Meter entfernt. Er hob seine Arme, um seine Hände um den zerbrechlichen Hals des Mörders zu legen. Er hatte vergessen, warum er diese Kreatur überhaupt umbringen wollte. Zu solchen Gedanken war er nicht mehr in der Lage. Er bewegte sich nur kraft einer inneren Macht, die ihn dazu trieb, das zu zerstören, was dort vor ihm stand. Seine ausgestreckten Arme hatten ihr Ziel fast erreicht, doch der Creeper war auch kein Schwächling. Da er das Böse an sich war, schöpfte er seine Lebenskraft aus dem Bösen. Er war unerschrocken, und er war ein Killer. Er war ein Mann, der nicht auf die Stärke anderer Männer angewiesen war, um sich selbst stark zu fühlen. Er fürchtete sich vor nichts Sterblichem. Selbst als Sam ihn fast erreicht hatte – und obwohl sein Herz einen Schlag aussetzte –, behielt er sein höhnisches Grinsen im Gesicht. Er hatte völliges Vertrauen in seine Waffe. Er wartete, bis die ausgestreckten Finger seinen Hals fast berührten, bevor er seine letzte Kugel abfeuerte. Diesmal zielte er genau auf die Mitte der Stirn. Nichts Menschliches konnte einen Schuß aus dieser Nähe überleben. Wie eine Stoffpuppe sackte Sam in sich zusammen und blieb zu Füßen des Creepers liegen.

9

Die Stadt schien plötzlich in Blut zu schwimmen, und die Polizei von Detroit war darauf nicht vorbereitet. An die Morde in den umliegenden schwarzen Gettos waren sie gewöhnt, aber in den letzten zwei Wochen hatte man drei weiße Gangster, von denen man wußte, daß sie zu den wichtigsten Männern der Organisation zählten, tot aufgefunden. Die Parallelen zwischen diesen Morden und dem Massenmord, der draußen in Conant Garden stattgefunden hatte, waren zu offensichtlich, als daß man sie hätte ignorieren können. Nur ein Wahnsinniger mordete mit einem Rasiermesser, und zwei der weißen Gangster waren mit durchgeschnittenen Kehlen aufgefunden worden. Einen von ihnen hatte man zusammen mit seiner toten Frau entdeckt, und sie war auf die gleiche Weise umgebracht worden. Irgendwo bestand da ein Zusammenhang. Zumindest war Captain Davidson davon überzeugt, und er machte dies seinen Männern bei einem Treffen in seinem Büro auch klar.

Die Nachmittagssonne schien heiß durch das offene Fenster. Benson und Ryan lockerten beide ihren Kragen, aber die Detectives Steward und Nelson schienen die Hitze nicht wahrzunehmen. Sie wurden viel zu sehr von dem harten alten Captain beansprucht, der keine Entschuldigungen mehr hören wollte. In letzter Zeit hatte es zu viele Tote gegeben. Entweder passierte endlich etwas, oder jemand mußte seinen Hut nehmen, und so wie die Dinge standen, war nicht auszuschließen, daß dieser Jemand der Captain sein würde. Der Captain lief in seinem Büro auf und ab, eine Angewohnheit, die auf dem schmutzigen, dreifarbigen Teppich ihre Spuren hinterlassen hatte. Der Teppich lag schon so lange in diesem Büro, daß er an der Stelle, wo der Captain und seine Vorgänger ihrem nervösen Bewegungsdrang nachgegeben hatten, ganz blaß und abgewetzt war. Die Detectives Benson und Ryan sahen ihrem Chef ruhig zu. Plötzlich blieb er stehen und setzte sich auf die Kante seines schäbigen Schreibtisches.

»Ich will keine Entschuldigungen mehr«, begann er. »Ich habe für den Rest meines Lebens genug gehört. Diese Scheiße muß endlich aufhören. Solche Morde werden von den Zeitungen nicht länger toleriert, und wenn die Zeitungen anfangen, so etwas hochzuspielen, dauert's nicht lange, bis die ersten Köpfe rollen.« Er hob die Hand, um jede Bemerkung zu unterdrükken. »Glaubt mir, ich will keinen von euch absetzen, denn ich weiß, daß ihr alle euer Bestes tut, aber mir wird gar nichts anderes übrigbleiben, um denen zu beweisen, daß ich mich bemühe. Seht ihr jetzt, wo ich stehe?« Er starrte die vier Männer der Reihe nach an, seine Augen waren zwei stahlgraue Punkte, die über den Rand der dicken Hornbrille hinwegspähten. »Mir gefällt mein Job. Ich habe vor, ihn zu behalten. Wenn sich also nicht bald was tut, können einige von euch schon mal anfangen, die alten blauen Uniformen zu entstauben, die ihr im Mannschaftsdienst getragen habt.«

Plötzlich schnippte Captain Davidson seine Finger in Detective Stewards Richtung. »Und Sie«, begann der Captain wieder. »Vor zwei Wochen habe ich Sie gebeten, mit Benson und Ryan wegen dieses ersten Mordes Kontakt aufzunehmen, aber nein, Sie doch nicht. Sie sind ja viel zu clever. Was haben Sie zu mir gesagt? Da steckt kein Schwarzer dahinter. Das ist irgendeine Mafia-Scheiße. War das nicht Ihre Meinung?« fragte er barsch. Der jüngere Mann blickte nach unten, weil er nicht wollte, daß Benson ihm in die Augen sah, oder der Captain ihn durchschaute. Er wollte immer noch nicht glauben, daß Schwarze dahintersteckten, es sei denn, es handelte sich um einen großen, wichtigen schwarzen Gangster, und da gab es eigentlich nur einen in der Stadt.

Steward warf einen Blick zu seinem Partner Nelson, dann faßte er in Worte, was ihm durch den Kopf ging. »Captain, es gibt nur einen einzigen schwarzen Mann in dieser Stadt, der genug Macht hat, einen Anschlag auf diese Jungs zu verüben, und das ist der Mann, den sie den Kingfisher nennen.«

Das Gebrüll, das der Captain daraufhin losließ, war im ganzen Gebäude zu hören. »Kingfisher am Arsch! Er sitzt in dem gleichen beschissenen Boot, in dem die ganz großen Scheißer der Stadt ihre Ärsche haben. Das waren seine Männer, die zuerst umgebracht wurden. Zufällig waren das seine Pusher, die sie letzte Woche ins Jenseits befördert haben. Aber ich hab vergessen, Sie sind ja viel zu wichtig, um sich mit den kleinen Leuten abzugeben, die im Getto umgebracht werden. Und da Sie anscheinend nicht auf dem laufenden sind, werde ich's Ihnen jetzt verklickern. Dieser Pusher, den sie letzte Woche umgebracht haben, war einer von Kingfishers Männern.«

Steward zuckte mit den Achseln und spekulierte dann ruhig: »Vielleicht haben die einen Bandenkrieg. Ich meine, wer sonst wüßte überhaupt die Namen dieser wichtigen Männer? Ich kann mir einfach nicht vorstellen, daß irgend so ein kleiner Ganove aus dem Getto die nötigen Informationen auftreiben kann, um an diese Männer ranzukommen.«

Einen Augenblick lang dachte Benson, der Captain erleide einen Herzinfarkt. Der Mann wurde ganz rot im Gesicht und schien dann Schwierigkeiten mit dem Atmen zu haben. Er lehnte sich über den Tisch, schnappte nach Luft, und als er sich wieder aufrichtete, sprühten förmlich Funken aus seinen Augen.

»Junge«, brüllte der Captain, »es interessiert mich einen Scheißdreck, was du dir vorstellen kannst und was nicht, ist das klar? Du und dein Partner, ihr sollt eure Ärsche bewegen und gefälligst tun, was ich euch sage. Wenn ich sage, setzt euch mit Ryan und Benson in Verbindung und vergleicht eure Informationen, dann meine ich das auch!«

Keiner sagte ein Wort. Alle starrten wie gebannt auf den Captain. Jeder von ihnen kannte den Captain, wenn er aufgebracht war, aber keiner von ihnen hatte ihn je so erlebt. Er war wirklich außer sich, was ihnen nur zeigte, wie wichtig es für sie war, diese Mordserie aufzuklären.

Das Letzte, was Benson wollte, war eine Zusammenarbeit mit diesen beiden jungen Detectives, die er nicht leiden konnte, aber es sah ganz so aus, als ob er in diesem Fall keine andere Wahl hatte. Die Dinge waren zu weit gegangen, und man mußte dem ein Ende setzen.

Während diese Diskussion im Polizeihauptquartier stattfand, kam es gleichzeitig zu einem Treffen im Penthouse des Kingfishers.

Der Kingfisher lief in seinem Wohnzimmer auf und ab, genau wie der Captain in seinem winzigen Büro, und auch er hatte Angst, jedoch nicht um seinen Job, sondern um sein Leben. Es wurde allmählich ungemütlich, und das mußte man ihm nicht erst schriftlich geben. Er wußte ohne jeden Zweifel, daß er auf der Abschußliste stand. Er funkelte seine Männer an, während er vor ihnen auf und ab lief.

»Ich sag's euch jetzt zum letzten Mal«, gelobte er ihnen verärgert. »Ich will niemand... und ich meine wirklich niemand... der nich schon mal hier war, in dieser Wohnung haben. Falls es jemand versucht, will ich, daß ihr den Mann oder die Frau festhaltet, durchsucht und verdammt aufpaßt, daß sie keinerlei Waffen bei sich haben. Aber wenn ich sage, daß ihr niemand in diese Wohnung lassen sollt, dann mein ich das auch. Ich will nich mal, daß hier 'ne verdammte Fliege reinkommt. Wollt ihr, daß ich euch das schwarz auf weiß gebe, oder is das auch so klar?« Der Kingfisher starrte von einem zum anderen und sprach dann zu einem schlanken Mann, der neben dem schwarzen Flügel stand.

»Big-Time, was is aus der Sache geworden, die du für mich erledigen solltest? Hast du diese Mistkerle erreicht?« Bevor Big-Time auf eine dieser Fragen antworten konnte, sprach der Kingfisher weiter. »Diese Arschlöcher stecken hinter diesem ganzen beschissenen Schlamassel. Ich weiß es, ich spür das.« Er legte die Hand aufs Herz. »Wir hatten keine Schwierigkeiten, bis dieser Mistkerl Kenyatta daherkommt und uns erklärt, daß wir keine Drogen mehr im Getto verkaufen können. Verflucht noch mal, was glaubt der, wer er is?«

Schließlich ergriff Big-Time das Wort. »Ich bin an dem Laden vorbei, den die da im Norden haben, weißte, aber die Klitsche scheint wie ausgestorben. Letzten Endes hab ich dann so'n Weib da erwischt und ihr die Message verklickert, weißte, und die hat gesagt, daß ich am nächsten Tag noch mal wiederkommen soll. Als ich dann am nächsten Tag wieder hin bin, wartet die Ziege schon auf mich.«

Er hielt inne, um sicherzugehen, daß der Kingfisher auch zuhörte, und fuhr dann fort. »Also, sobald ich die Klitsche betreten hab, fragt mich dieses Weib jedenfalls direkt ins Gesicht, ob du aufgehört hast, dein Dope in der Stadt zu vertickern. Auf das Ding hab ich 'ne Minute gezögert, King, denn ich wußte echt nich, was ich sagen sollte. Aber bevor ich noch irgendwas zusammenlügen konnte, redet die Alte weiter. Sie hat gesagt, daß sie verdammt genau wissen, daß de nich aufgehört hast, daß er grade dabei is, sich um deine weißen Freunde zu kümmern, und daß er persönlich dafür sorgen wird, daß dich jemand auscheckt, weil du in Wirklichkeit derjenige bist, der die ganze

Scheiße ins Getto pumpt.« Noch bevor er mit seinem Bericht fertig war, hatte Big-Time ein Taschentuch hervorgezogen, mit dem er sich jetzt über die Stirn wischte. Ihm gefiel diese Nachricht auch nicht besser als seinem Boss, und es war offensichtlich, daß sie dem Kingfisher überhaupt nicht zusagte.

Es war, als hätte jemand dem Kingfisher mit der Faust in die Magengrube geboxt. Der Mann stand in der Mitte des Zimmers und schnappte nach Luft wie ein Fisch auf dem Trockenen. »Das hat sie gesagt? Von wegen, daß er sich um meine weißen Freunde kümmert?«

Während er auf Big-Times Antwort wartete, starrte er dem Mann ins Gesicht, um zu sehen, ob er log. Dann tat er etwas, das alle seine Männer überraschte. Er drehte sich um und zählte sie. Als er fertig war, sagte er: »Gehn wir, ich will selbst mit dieser Hure reden.«

Acht Männer standen auf, um ihn zu begleiten. »Wer bleibt hier, um auf die Wohnung und Vicky aufzupassen?« fragte Big-Time, als sie die Tür erreichten.

Der Kingfisher sah sich überrascht um. »Sind das alle Männer, die ich hab?« fragte er schroff. »Zwei von euch Jungs bleiben hier, dann sind wir immer noch zu siebt.«

Er überließ es Big-Time, zwei Männer mit der Bewachung der Wohnung zu beauftragen. »Paßt auf«, befahl er ihnen mit Schärfe, und seine Worte waren mehr für die Ohren seines Bosses bestimmt als für die der Männer, »daß ihr jedes scheiß Ding auscheckt, das sich der Wohnung auch nur nähert. Wir sind bald wieder zurück.«

»Nehmen wir beide Wagen?« fragte Big-Time, als sie im Erdgeschoß ankamen. Die Fahrstuhltüren öffneten sich zu einer vornehmen Eingangshalle. Nachdem sie den Fahrstuhl verlassen hatten, steckte einer von Kingfishers Männern einen Schlüssel in das Schloß des Fahrstuhls, damit keiner ihn benutzen konnte, bis sie zurückkamen. Falls in der Wohnung ein Feuer ausbrach, müßten die wenigen Leute da oben den anderen Fluchtweg benutzen, der durch das Treppenhaus führte und mit einer schweren Eisentür abgesichert war. Kein anderer Weg führte ins Penthouse.

Bevor die Männer die elegante Eingangshalle verließen, ging der junge Empfangsdiener an den öffentlichen Fernsprecher.

Er wählte schnell und sprach dann leise in den Hörer. Er legte auf und ging zurück an seinen Posten.

»Er soll uns bloß den Caddy bringen«, befahl der Kingfisher, bevor er das Foyer verließ. Mit der Hand gab Big-Time dem Chauffeur ein Zeichen, der zu diesem Zweck die ganze Zeit unten wartete. Der Mann eilte hinaus, damit der lange Cadillac vor dem Apartmenthaus bereitstand, bevor die übrigen Männer die Straße erreichten.

Alle drei Wagen parkten draußen unter der Aufsicht des Mannes, der in der Eingangshalle gewartet hatte. Es gehörte zu seinem Job, aufzupassen, daß an keinem der Wagen herumgebastelt wurde. Er war auch einer der Fahrer. Normalerweise fuhren sie immer in zwei Wagen. Kingfisher konnte es nicht leiden, eingezwängt zu sein. Aber heute schien es ihm nichts auszumachen, daß sich alle sieben Männer in einen Wagen drängten.

Als die Männer auf die lange Limousine zuliefen, bog ein schwarzer Ford schnell um die Ecke und hielt auf die Gruppe zu. Es bedurfte keiner besonderen Vorstellungskraft, um zu erkennen, was da vor sich ging. Noch während der Wagen auf sie zuraste, konnten sie sehen, wie die Fenster heruntergelassen wurden und die Mündungen der kurzläufigen Schußwaffen zum Vorschein kamen.

Der Kingfisher stieß einen schrillen Schrei aus, der einer Frau alle Ehre gemacht hätte. Dann stürzte der große, braunhäutige Mann auf den wartenden Wagen zu. Er mußte einige seiner Leibwächter aus dem Weg schubsen, aber er schaffte es, sich rechtzeitig durch die offene Tür des wartenden Cadillacs zu hechten, bevor der schwarze Ford die Gruppe erreichte.

Einige seiner Bodyguards, die aus besserem Holz geschnitzt waren, hielten die Stellung und zogen die Waffen unter ihren Jacken hervor. Aber mit ihren Pistolen hatten sie keine Chance gegen das Maschinenpistolenfeuer, das losbrach, als der Wagen vorbeiraste. Die Kugeln, die den Cadillac trafen, prallten ab, denn der Wagen war kugelsicher. Aber die Männer auf dem Gehsteig waren es nicht. Sie fielen um, als wäre jemand mit einer Mähmaschine über sie hinweggerollt.

Als der Kingfisher am Boden seines Wagens kauerte, spürte er das Gesicht eines zweiten Mannes auf seinem Rücken. Er drehte den Kopf und blickte in das verängstigte Gesicht von Big-Time.

»Sie sind weg«, sagte Jack, der Fahrer, so kalt er konnte. Er blickte über die Schulter zu den Männern, die auf dem Gehsteig lagen, dann sah er nach unten zu den beiden großen Männern, die immer noch am Boden des Wagens kauerten. »Sie haben mindestens drei von den Jungs umgelegt«, sagte er, doch seine Stimme verriet nicht, welche Verachtung er für die beiden Männer empfand, die da am Boden kauerten. Er konnte es verstehen, wenn jemand um sein Leben rannte. Aber er hatte gesehen, wie der Kingfisher und Big-Time andere Männer aus dem Weg geschubst hatten, die gerade ihre Pistolen ziehen wollten, um diese beiden Feiglinge zu verteidigen, die so schnell um ihr Leben gerannt waren.

»Willst du immer noch hinfahren?« fragte Big-Time, der nach wie vor auf Kingfishers Rücken lag.

Jack mußte grinsen, als der Kingfisher wütend antwortete: »Ich will bloß, Nigger, daß du mit deinem großen Arsch von mir runtergehst, damit ich aus diesem gottverdammten Wagen rauskomme und in die Wohnung zurück kann. Wir müssen uns diese Scheiße ein bißchen genauer überlegen.« Kingfisher kletterte aus dem Wagen und vergewisserte sich mit einem schnellen Blick auf die Straße, daß keine Gefahr mehr bestand, doch noch von den Kerlen erwischt zu werden, bevor er über den Gehsteig zum Foyer rannte. Er kümmerte sich kein bißchen um seine Männer, die ausgestreckt auf dem Gehsteig lagen. Er hatte nur einen Gedanken; er wollte so schnell wie möglich in den Schutz seines Penthouse zurückkehren, das für ihn zum Gefängnis geworden war.

10

Die Detectives kamen, und der Kingfisher war darauf vorbereitet. Sein weißer Anwalt, Mr. Booth, war anwesend, um alle Fragen für ihn zu beantworten. Er brauchte sich nur auf seiner Couch zurücklehnen und mit dem Kopf zu nicken.

Benson hielt sich im Hintergrund und sah zu. Das war also der große Mann, von dem er so viel gehört hatte? Dieses Arschloch hatte solche Angst, daß er sich fast in die Hose schiß, stellte der Detective ungerührt fest.

»Sie sagen also«, wiederholte Nelson zum scheinbar zwanzigsten Male, »daß Sie gesehen haben, wie der Wagen um die Ecke kam, und sofort wußten, daß da Killer drinsaßen. Nun, Sie erwarten doch nicht allen Ernstes, daß wir Ihnen diesen Mist glauben, von wegen, daß Sie keinen dieser sogenannten Killer erkannt haben, oder?«

Der Kingfisher zuckte nur mit den Achseln. »Es is mir wirklich scheißegal, was Sie glauben«, sagte er schroff. »Ich hab Ihnen bereits gesagt, was passiert is und was ich gesehen hab, Sie können von mir aus damit machen, was Sie wollen.«

Nelson zuckte mit den Schultern. Er war es nicht gewöhnt, daß ein Schwarzer so mit ihm redete. »Wir können Sie mit ins Präsidium nehmen, wissen Sie. Vielleicht fällt es Ihnen dann leichter, mit uns zu kooperieren.«

Benson mußte in die andere Richtung blicken, um sich ein Grinsen zu verkneifen, aber er wandte sein Gesicht nicht schnell genug ab. Sein Partner Ryan merkte es und hatte selbst Probleme, ein Lächeln zu unterdrücken. Den Kingfisher wegen irgendeiner Scheiße mit ins Präsidium zu nehmen, das war, als stecke man seinen Kopf in das Maul des Löwen, um zu sehen, ob er Zahnschmerzen hatte.

Ryan ging zu seinem Partner hin. »Was hältst du von dieser ganzen Scheiße?« fragte er ernst.

Benson zuckte die Achseln. »Wenn der Kerl wirklich was wüßte, würde er reden. Drei seiner Jungs sind umgebracht worden, einer ist so schwer verletzt, daß er ins Krankenhaus mußte, und der Kerl hat solche Angst, daß er sich jedesmal fast in die Hose scheißt, wenn jemand zur Tür reinkommt. Er würde mit Sicherheit auspacken. Da kannst du drauf wetten.«

Ryan nickte. »So seh ich das auch, aber ich glaube, daß er was weiß. Ich weiß nicht genau, was, aber ich denke, er kann sich verdammt gut vorstellen, wer da versucht, ihn umzubringen.«

»Wir werden sehen«, sagte Benson, während er zu dem Mann auf der Couch ging. Aus irgendeinem Grund erfüllte ihn der Anblick des verängstigten Mannes mit einer warmen Freude. Das war der Mistkerl, der die ganze scheiß Stadt mit Dope versorgte, und dennoch konnte ihm keiner etwas anhaben. Ganz im Gegenteil, sie mußten ihn sogar mit Samthandschuhen anfassen, wenn sie nicht am nächsten Tag den Arsch in der Schlinge haben wollten.

Nelsons gerunzelte Stirn und der Gesichtsausdruck seines Partners sprachen Bände. Ihnen paßte es ganz und gar nicht, daß sich der ältere Detective einmischte, während sie diesen Gangster verhörten.

»Wenn du damit fertig bist, mit diesen beiden Jungs zu reden, King, möcht ich dich um ein kleines, privates Gespräch bitten, wenn's möglich ist«, sagte Benson ruhig.

Der Kingfisher verschwendete keine Zeit. Er stand einfach von der Couch auf und ignorierte die beiden jungen Detectives, die ihn verhört hatten. »Gehn wir in mein Schlafzimmer. Vielleicht haben wir da etwas mehr Ruhe«, sagte er, nachdem er seinem Anwalt einen Blick zugeworfen hatte.

Benson schüttelte den Kopf. »Is nicht nötig, daß er mitkommt, aber wenn du ihn dabeihaben willst, bitte«, antwortete Benson freundlich.

Bevor er die Tür zu seinem Schlafzimmer öffnete, blieb der Kingfisher stehen und blickte dem Detective ruhig ins Gesicht. Dann gab er seinem Anwalt ein Zeichen, draußen zu bleiben. Beide Männer schwiegen, bis sie die Tür hinter sich geschlossen hatten. Bensons Blicke wanderten durch das exquisit ausgestattete Schlafzimmer. Alles in diesem Zimmer war edel und teuer. Das Kingsize-Bett hatte einen dunkelroten Samtüberwurf, und der weiche schwarze Teppich war mit einem dunkelroten Muster durchwirkt, das mit dem Rest der Einrichtung harmonierte.

»Ich komme am besten gleich zur Sache«, begann Benson. »Ich glaube, wir wissen beide, wer für diese Scheiße verantwortlich ist. Ich weiß, daß du keinerlei Interesse an einem Bandenkrieg hast, aber diesem jungen Mistkerl, von dem ich rede, ist das ziemlich egal.« Für Benson war es ein Schuß ins Blaue. Er wußte nicht mit Sicherheit, wer hinter diesen Anschlägen steckte.

»Du hast verdammt recht«, knurrte der Kingfisher. »Dieser scheiß Kenyatta hat nich mal genug Grips im Kopf, um grade zu pissen!«

Da war es also, dachte Benson. Nach allem, was sie vermutet hatten, steckte tatsächlich Kenyatta dahinter. »Aber wie zum Teufel kommt ein Typ wie Kenyatta an die Informationen, die nötig sind, um diese Mafiosi umzulegen?« fragte Benson. »Ich mein, ich kann verstehen, daß er dich ausfindig macht, aber mir ist schleierhaft, wie er an diese weißen Jungs rangekommen ist.«

Kingfisher warf die Hände in die Luft. »Das ist ja das gottverdammte Problem. Einen Moment lang haben die schweren Jungs gedacht, daß ich dahinter stecke, aber er hat einen Typen kaltgemacht, von dem ich 'n Scheißdreck wußte.« Der Kingfisher schwieg eine Weile und fuhr dann fort. »Nachdem die großen Jungs ihre Hirne eingeschaltet ham, is ihnen klar geworden, daß es völlig blödsinnig für mich wäre, so 'ne Scheiße zu verzapfen. Warum sollt ich so was tun? Ich mein, ich hätte alles zu verlieren und nix zu gewinnen.« Der Kingfisher schüttelte den Kopf. »Nee, denen is inzwischen klar, daß ich nich dahinterstecken kann. Ich hab denen auch alles erzählt, was ich über das Arschloch weiß.«

Während der Kingfisher sprach, merkte Benson, daß der Mann versuchte, sich selbst einzureden, die großen Jungs nähmen ihm seine Unschuld tatsächlich ab. Er muß genau zwischen den Fronten stehen, überlegte Benson, während er den Mann beobachtete. Der mächtige Dopedealer gab sich alle Mühe, zu begreifen, was da vor sich ging.

Der Kingfisher fuhr fort. »Das waren Schwarze, die da heute versucht haben, uns umzubringen, da gibt's gar kein Zweifel. Ich hab die Typen genau gesehen, auch wenn ich kein von denen wiedererkennen würde.« Der Mann sprach mehr zu sich selbst, während er versuchte herauszufinden, was mit der Welt passierte, in der er lebte.

»Diese Arschlöcher sin wie aus dem Nix aufgetaucht«, fuhr

er fort. »Es war wie 'ne Szene aus den wilden Zwanzigern. Ich mein, heut läßt sich keiner mehr auf so 'ne Scheiße ein. Es lohnt sich einfach nich. Es schadet nur da, wo's auf kein Fall schaden sollte, nämlich in der Brieftasche!«

Benson unterbrach ihn nicht, er ließ den großen Mann einfach reden. Das war die beste Information, auf die sie bisher gestoßen waren.

»Das einzige Problem is, woher hat dieses Arschloch die Information? Wenn ich das wüßte, könnt ich die Scheiße echt aufklären.«

Benson wechselte plötzlich das Thema. »Was glaubst du, woher ein Typ wie Kenyatta seine ganzen Waffen bezieht? Ich weiß, daß man ohne größere Schwierigkeiten ein oder zwei Schrotflinten ergattern kann, aber für den Durchschnittsnigger im Getto isses schwerer, eine Maschinenpistole in die Finger zu kriegen als ein Ticket zum Mond.« Benson beobachtete das Gesicht des Mannes, während er diese Frage stellte. Er wußte, daß er mit dieser Frage etwas verriet, aber er hatte tatsächlich keine Ahnung, woher Kenyatta seine schweren Schußwaffen bezog.

Plötzlich schnippte Kingfisher mit den Fingern. »Da gibt's nich viele Möglichkeiten, das kann ich dir sagen. Mir würden auf Anhieb nich mehr als zwei oder drei Leute einfallen...« Auf einmal hielt er inne, und ein Strahlen glänzte in seinen Augen. Er lächelte kalt und stand von der Bettkante auf. »Unser Gespräch is zu Ende, Cop, ich hab noch was zu erledigen«, sagte er und öffnete die Schlafzimmertür.

Der Kingfisher blickte nicht einmal mehr über seine Schulter, um zu sehen, ob ihm der Detective folgte. Er ging direkt zu seinem Anwalt und sagte so laut, daß man es im ganzen Raum hören konnte: »Wie lange müssen wir diese Scheiße hier noch über uns ergehn lassen? Kannst du nich 'n paar von den Leuten hier rauswerfen? Ich muß mich um meine Geschäfte kümmern.«

Benson wartete gar nicht erst ab, was der kleine, fette Anwalt anstellen würde, um die Polizisten loszuwerden. Er ging zu seinem Partner und flüsterte ihm etwas ins Ohr. Beide Männer verließen sofort das Penthouse.

Keiner von ihnen sprach ein Wort, bis sie den Gehsteig erreicht hatten. »Ich glaub, das is die Lösung, Ryan«, sagte Benson, als sie zu ihrem Wagen eilten. »Als ich die Waffen-Connection erwähnt habe, wär er fast an die Decke gesprungen. In dem Moment dämmerte es ihm und mir auch. Die Person, von der Kenyatta die Informationen hat, ist dieselbe, von der er die Waffen bezieht. Es kann gar nicht anders sein.«

Ryan setzte sich ans Lenkrad und hörte seinem Partner zu. »Ich weiß nicht, warum wir nicht schon früher draufgekommen sind. Jetzt müssen wir nur rausfinden, wer dick genug im Geschäft is, um Kenyatta mit derart schwerem Geschütz zu versorgen, und dann haben wir unseren Mann.«

»Wir können uns schon verdammt gut denken, wer das ist«, stellte Ryan fest, während er den Wagen auf die Straße lenkte. Er blickte gar nicht erst in das überraschte Gesicht seines Partners.

»Was du nicht sagst!« explodierte Benson. »Wenn wir das wüßten, hätten wir die Mistkerle schon lang im Kasten.«

»Also, wir können's nicht beweisen, aber denk doch mal nach. Du hast doch nicht etwa das Ding mit dem weißen Fettarsch vergessen, den wir vor Kenyattas Laden beobachtet haben, oder? Tja, wir haben seine Autonummer ausgecheckt, und das war ein Schuß ins Ofenrohr. Aber vergiß nicht, daß wir auch überprüft haben, wem das Gebäude gehört, und das war ein Schwarzer. Was immer also der Fettarsch da zu suchen hatte, ich glaube, er ist unser Mann.« Ryan schwieg einen Moment lang und fuhr fort: »Du und ich, Ben, wir haben verdammt beschissene Arbeit geleistet. Wir hatten diese Ahnung und haben die Sache nicht weiter verfolgt. Warum? Weil wir uns nicht sicher waren. Aber jetzt müssen wir jeden scheiß Stein umdrehen.«

Ryan beobachtete, wie sein Partner versuchte, mit dem Dilemma fertigzuwerden. »Okay, Ryan, was jetzt? Wir haben den Typ nicht genau genug gesehen, um seine Visage in der Verbrecherkartei wiederzuerkennen.« Benson richtete sich auf und grinste von einem Ohr zum anderen. »Aber jetzt, wo wir wissen, daß dieser Kerl wahrscheinlich mit Waffen handelt, müssen wir nur die Ordner mit den großen Waffenschiebern wälzen, und das erste Arschgesicht, das diesem fetten Schwein auch nur ein bißchen ähnelt, wird höllisch viele Fragen beantworten müssen.« Ryan gab Gas und überholte die anderen Wagen, wo er nur konnte. Endlich hatten sie etwas, auf das sie sich stützen konnten. Etwas, das ein bißchen konkreter war als nur eine Hoffnung oder eine Ahnung.

»Was ist mit unsern Informanten?« fragte Ryan, während er sich eine Zigarette ansteckte. »Glaubst du, einer von denen weiß vielleicht irgendwas, das uns weiterhelfen könnte?«

Benson schüttelte den Kopf. »Nee, die Sache war die ganze Zeit schon 'ne Nummer zu groß für die. Warum also sollten wir jetzt in diese Richtung denken? Ich glaube, das hier is unsere größte Chance. Wenn wir den Mann erwischen, der die Waffen liefert, haben wir unsern Vogel. Wir sollten uns lieber beeilen, bevor der Kingfisher seine Meute auf ihn ansetzt. Den schweren Jungs wird die Tatsache überhaupt nicht schmecken, daß jemand so freizügig Informationen über sie weitergibt. Drei von denen hat's schon das Leben gekostet, und man kann nie wissen, wie viele Namen noch auf dieser scheiß Liste stehen.«

Ryan nickte zustimmend. »Ich wünschte, wir könnten einen Blick auf die Liste werfen. Würde unsere Arbeit erheblich leichter machen. Wenn wir den Kingfisher dazu bringen könnten, uns ein bißchen mehr drüber zu erzählen, wer seine Freunde sind, würde uns das schon enorm weiterhelfen.«

»Hilfe aus der Hölle ist leichter zu bekommen«, antwortete Benson kurz. »Der Kingfisher hat schreckliche Angst, aber so schrecklich nun auch wieder nicht.«

Als sie sich der Auffahrt zum Freeway näherten, scherte plötzlich ein Wagen vor ihnen aus, und Ryan mußte hart auf die Bremse treten. »Verdammt!« fluchte Ryan laut, als sich beide Männer auf den heftigen Ruck gefaßt machten.

»Das ist eine verdammt gute Theorie, Ben, das mit der Liste. Es ergibt auf jeden Fall einen Sinn. Es ergibt sogar mehr Sinn als irgend etwas anderes, das uns bisher eingefallen ist.«

Benson nahm das Kompliment schweigend an. Er hoffte, daß er auf dem richtigen Weg war. Es hatte schon zu viele Tote gegeben. Ryan unterbrach abrupt seine Gedanken und brachte ihn in die Realität zurück.

»Selbst was den Tod von Kingfishers rechter Hand Sam betrifft, müssen wir zu dem Schluß kommen, daß er mit den anderen Morden in der Innenstadt zusammenhängt.« Bevor Benson seinen Kommentar dazu abgeben konnte, fuhr Ryan in diesem sanften Ton fort, der immer in seiner Stimme mitschwang, wenn er laut dachte. »Der brutale Mord an den Kindern paßt aber irgendwie gar nicht zu diesen Bandenanschlägen. Professionelle Killer hätten niemals die Kinder abgeschlachtet.«

»Vielleicht hat der Mörder versucht, Informationen aus der Frau rauszupressen, und die Kinder dazu benutzt, um sie unter Druck zu setzen.« Benson machte eine hilflose Bewegung mit seinen Händen und ließ sie dann wieder in den Schoß fallen. Während er weitersprach, kamen die Worte nur langsam über seine Lippen, als ob es ihm Schmerzen bereitete, davon zu reden.

»Was derart Brutales zerreißt mich, Ryan. Ich hab schon viele Morde gesehen, aber so, wie diese Kinder zugerichtet waren ... mir wird schlecht, wenn ich bloß dran denke.«

Der Verkehr auf dem Freeway war flüssig, so daß es nur einige Minuten dauerte, bis Ryan die Auffahrt an der Jefferson Avenue erreichte. Nachdem er den Freeway verlassen hatte, bog er rechts ab und fuhr in Richtung Westen.

»Ich hab mir grade überlegt«, begann Benson, »ob die Feds bessere Informationen haben. Ich meine, über einen Typ, der in dem Ausmaß mit Waffen handelt, führt das FBI bestimmt eine Akte.«

»Und so was fällt dir erst jetzt ein!« brüllte Ryan. »Du wartest geduldig, bis wir fast im Präsidium sind, und dann wirfst du mir diese Bombe in den Schoß!« Und noch während er sprach, fuhr er an der Garage vorbei, in der sie normalerweise ihren Wagen parkten.

Während sie quer durch die Innenstadt fuhren, grinste Benson vor sich hin. Er wußte genau, daß seinem Partner die Idee gefiel, obwohl er es nicht offen zugab.

Der Verkehr im Herzen der Stadt bewegte sich nur langsam, doch Ryan fuhr zügig im Zickzack zwischen den anderen Wagen hindurch. Ein Polizist auf einem Motorrad bedachte ihn mit einem scharfen Blick, als er einen vollgestopften Bus überholte, indem er von der inneren Fahrbahn auf die Kreuzung schoß, noch bevor die Ampel grün wurde.

Als sie in der Michigan Avenue ankamen, hatte er Schwierigkeiten, einen Parkplatz zu finden. »Warum parkst du die Kiste nicht einfach im Parkverbot?« fragte Benson, während sie zum zweiten Mal um den Block fuhren.

»Mann«, sagte Benson, »wenn ich gewußt hätte, daß wir den ganzen Weg vom Auto zum Federal Building per Anhalter zurücklegen müssen, hätte ich den Funkleiter angerufen und 'nen Streifenwagen angefordert, der uns hinfährt.«

»Na, wunderbar!« antwortete Ryan. »Das ist wieder eine von deinen brillanten Ideen, die leider acht Stunden zu spät kommt.«

Als sie ihre zweite Runde um den Block beendet hatten, sah Ryan einen Fahrer in seinen Wagen steigen, der direkt vor dem Federal Building im Parkverbot stand. Ryan grinste, als er in die Parklücke fuhr, sobald der andere Wagen abgefahren war.

»Ich hab keinen Strafzettel an seinem Auto gesehen«, stellte Ryan fest, während er ein Stück zurücksetzte und den Motor abstellte. Benson stieg zuerst aus und wartete auf dem Gehsteig, bis sein Partner um den Wagen herumgekommen war.

Sobald Ryan den Gehsteig betreten hatte, sagte er: »Mir ist es scheißegal, wann wir hier fertig sind, aber wie spät das auch sein mag, danach besorge ich mir erst was zu essen. So was wie dich hab ich noch nie erlebt. Du scheinst einfach nicht an Essen zu glauben!«

Die beiden Männer nahmen sich gegenseitig auf die Schippe, während sie ihren Weg in das Gebäude fortsetzten und mit dem Fahrstuhl in die fünfte Etage fuhren. Sie brachten ihr Anliegen vor und zeigten dann ihre Polizeimarken. Eine Frau führte sie den Flur entlang zu einem fast leeren Raum, in dem nur zwei Frauen arbeiteten. Die eine saß hinter einer klobigen alten Schreibmaschine, die auch schon bessere Zeiten erlebt hatte, und die andere, eine schlanke Blondine, hockte an einem ziemlich schäbigen Schreibtisch voller Papierkram. Beide Frauen sahen auf, als die drei den Raum betraten. Die große Blonde stand von ihrem Schreibtisch auf und kam ihnen entgegen, bevor sie den abgeteilten Bereich betreten konnten. »Sie müssen bitte hier an der Theke warten, während ich Ihnen die Ordner bringe.«

Beide Männer zuckten mit den Achseln und warteten geduldig, bis sie mit drei riesigen Ordnern zurückkehrte. »Tja, da Sie hier anscheinend in guten Händen sind, werd ich mich zurückziehen«, sagte die matronenhafte Frau, die sie zu dem Raum geführt hatte.

Keiner der Männer blickte von den Ordnern hoch, die sie vor sich auf der Theke aufgeschlagen hatten. Die Frau legte den dritten Ordner daneben und ging zu ihrem Schreibtisch zurück.

Die nächste Stunde verbrachten die beiden Männer damit, die Ordner zu wälzen, bis ihnen der Schweiß von der Stirn tropfte. Die Frau hatte so oft neue Ordner herangeschleppt, daß sie schon ganz gereizt reagierte, wenn die Männer noch mehr sehen wollten.

Nach einer weiteren Stunde pochte Ryan mit dem Finger auf ein Foto. »Ich kann's nicht beschwören, Ben. Ich hab den Kerl nur von der Seite gesehen, aber das könnte er sein. Dieses Doppelkinn läßt sich nicht so leicht verbergen.«

Benson warf einen Blick über Ryans Schulter auf die Fotos und schubste seinen Partner dann fast beiseite. Er starrte konzentriert auf die Bilder, während sich sein beweglicher Verstand den Tag vor Kenyattas Club in Erinnerung rief.

Die schrille Stimme der Blondine unterbrach seine Konzentration. »Ich habe jetzt Mittagspause«, sagte sie schroff. »Sie müssen später noch mal wiederkommen, wenn Sie bis jetzt immer noch nichts gefunden haben. Die Abteilung ist über Mittag geschlossen.«

Benson studierte weiter die Fotos, während beide Männer die Frau ignorierten, die jetzt ungeduldig mit den Fingern auf den Tisch pochte.

Schließlich war Benson mit der Betrachtung der Fotos fertig. Er sagte nur drei Worte zu seinem Partner.

»Das ist er!« Es war eine kurze Feststellung, aber Ryan hegte keinerlei Zweifel, daß sein Partner recht hatte. Wenn Benson sagte, daß das ihr Mann war, dann würden sie ihn sich auch vornehmen.

Als die Frau über die Theke langte und versuchte, den dicken Ordner zuzuklappen, schob Ryan einfach ihre Hand beiseite. Er merkte sich den Namen unter den Fotos.

»Glaubst du, wir brauchen ein Bild von dem Typen?« fragte Ryan, als Benson sich von der Theke abwandte.

Wieder war die Antwort seines Partners kurz und präzise. »Nee, is nicht nötig. Wir holen das fette Arschloch gleich ab.«

»Nachdem wir was gegessen haben«, sagte Ryan, und beide Männer verließen lachend den Raum.

11

Das weite Land, das die Farm umgab, bot den schönsten Anblick, wenn die Sonne hinter dem Wald am Ende des Reitpfades unterging. Die wenigen Pferde, die man auf der Farm hielt, grasten auf der kleinen Weide direkt hinter der riesigen weißen Scheune, in der das meiste Heu und Getreide lagerte, das an die Tiere der Farm verfüttert wurde.

Als Kenyatta aus seinem Schlafzimmerfenster im oberen Stockwerk des Hauptgebäudes blickte, sah er, wie einige Reiter aus dem Wald kamen und auf die riesige weiße Scheune zuritten. Auf ihrem Weg kamen sie an den vielen kleineren Hütten vorbei, die das Hauptgebäude umgaben. Als sich die Reiter näherten, konnte Kenyatta Ali, seine rechte Hand, erkennen, der aufrecht im Sattel saß. Der Name des Mannes hinterließ einen bitteren Geschmack auf seiner Zunge. Ali wollte alle Vorteile genießen, die mit dem großen Geld verbunden waren, aber er wollte nichts dafür tun.

Kenyatta rauchte seine Zigarette zu Ende und sah sich nach einem Aschenbecher um. Seine Gedanken wanderten zurück zu dem Gespräch, das er gerade am Telefon geführt hatte. Seine Waffen-Connection war im Eimer. Der fette Weißarsch machte sich vor Angst in die Hose. Der Mann war einfach nicht in der Lage, die Morde zu akzeptieren, die Kenyattas Leute an den großen weißen Dopepushern verübt hatten. Während Kenyatta darüber nachdachte, lag ein grimmiges Lächeln auf seinem Gesicht. Was hatte der Mann erwartet, als er das Geld für die gottverdammte Information einstrich? Hatte er gedacht, daß Kenyatta eine solche Summe aus lauter Jux auf den Tisch blätterte? Was immer der Kerl auch denken mochte, er fühlte sich jedenfalls derart unter Druck gesetzt, daß er Kenyatta kurzerhand erklärt hatte, ihre Waffengeschäfte seien beendet. Beendet, zum Teufel, überlegte Kenyatta. Wenn dieser fette Scheißer dachte, daß er so leicht davonkam, dann hatte er auch genug Matsch in der Birne, um zu glauben, daß Esel rückwärts flogen. Niemals, nicht um alles in dieser scheiß Welt, würde Kenyatta zulassen, daß sich dieser fettärschige Angelo mit seinem Geld und dem Wissen, das der Mann besaß, abseilte. Er war der einzige, der wußte, wer hinter diesen Anschlägen steckte.

Wenn er sich dazu entschließen sollte, diese Information zu Geld zu machen, hätte er keine Probleme, Käufer zu finden.

Betty öffnete die Schlafzimmertür und betrat den Raum mit einem kleinen Silbertablett in der Hand, auf dem zwei Gläser standen. »Hier, Honey, ich hab mir gedacht, daß du vielleicht 'ne Erfrischung gebrauchen könntest.«

Während er den Drink von ihr entgegennahm, lächelte er die große, attraktive schwarze Frau an. Die Art, wie sie sich bewegte, hatte etwas Besonderes an sich. Sie hielt den Kopf leicht erhoben, was ihr eine hoheitliche Note verlieh. Mit jedem Schritt öffnete sich ihr langer roter Morgenmantel und entblößte ein wohlgeformtes schwarzes Bein. Ihre Haare krausten sich zu einem riesigen Afro, und ihren Ohren hatte sie mit großen, afrikanischen Ohrringen geschmückt.

»Ich will, daß du dich ans Telefon setzt und für mich rumtelefonierst, bis du den Creeper erreicht hast. Es is sehr wichtig, daß ich sofort mit ihm spreche«, befahl Kenyatta und kehrte seiner schönen Frau dann den Rücken zu. Seine Gedanken waren im Moment mit anderen Dingen beschäftigt, doch wenn er sie weiter ansah, so wußte er, würde er letzten Endes alles andere aufschieben, um schnell eine Nummer mit ihr zu schieben.

Sie schien seine Gedanken zu lesen. »Ich hab gehofft, daß du vielleicht 'n bißchen Zeit hast, um 'n Teil deiner Hausarbeiten zu erledigen. Aus irgend 'nem Grund hast du sie in letzter Zeit vernachlässigt, Honey«, sagte sie mit ihrer rauchigen Stimme, die ein Kribbeln auf seinem Rücken verursachte.

»Nee, Baby, dazu haben wir jetzt keine Zeit. Ich will, daß du dich ans Telefon hängst und die Sache für mich erledigst«, sagte er, ohne sich zu ihr umzudrehen.

Obwohl sie ihn nicht berührte, spürte er ihre Anwesenheit. Es schien, als würde ein unerwünschtes Wesen Gehirnwellen aussenden, die er nicht abwehren konnte. Die motivierenden Kräfte hatten ihre Wirkung, und das deutete auf eine Schwäche seiner Willenskraft hin. Daß seine Frau so viel Macht über ihn hatte, war wie ein Schlag in die Magengrube. Es ärgerte ihn, und gleichzeitig liebte er sie um so mehr, weil sie die Fähigkeit besaß, diese gewisse emotionale Unruhe in ihm auszulösen. Aber es war eine Unruhe, die er in dem Moment nicht gebrauchen konnte, denn er hatte andere Dinge im Kopf.

Sie warf ihrem Demagogen einen letzten Blick zu und ging dann ans Telefon. Sie setzte sich auf die Bettkante, nahm das Telefon auf den Schoß und starrte auf Kenyattas steifen Rükken. Sie konnte nicht verstehen, warum es manchmal so schien, als kämpfe er gegen sie an, als gönne er sich das Vergnügen nicht, sie wirklich zu lieben. Möglicherweise, dachte sie, hatte er Angst, seine Macht über sie zu verlieren, wenn er sich ihrer fordernden Liebe unterwarf.

Betty wählte die Nummer des Twenty Grand Motel, doch dort hatte sie kein Glück. Sie wollte gerade die Nummer eines anderen Motels wählen, doch diesmal hielt sie inne und dachte über den Mann nach, den sie zu erreichen versuchte. Der Creeper verkroch sich wahrscheinlich in einem abgelegenen Motel, in irgendeiner Klitsche, in der kein großes Kommen und Gehen herrschte. Nach dem Verbrechen, das er begangen hatte, würde er die Abgeschiedenheit suchen. Seine eigene Seele mußte darüber zugrunde gehen, ging es ihr durch den Kopf, als sie sich an die Schlagzeilen erinnerte, die von dem Mord an den kleinen Kindern berichteten. Sie hatte sofort gewußt, daß der Creeper dahintersteckte. Aufgrund der Gespräche, die sie zwischen ihrem Mann und diesem Monster mitbekommen hatte, war sie schnell zu der Überzeugung gekommen, daß das Verbrechen auf seine Kappe ging. Kein anderes Mitglied ihrer Organisation konnte oder würde so etwas Grausames tun. Selbst Kenyatta war schockiert gewesen, als er davon gehört hatte. Der Tod der Kinder war etwas, das keiner von ihnen gewollt hatte.

Während sie mit dem Telefon auf dem Schoß nachdachte, fiel es ihr blitzartig ein. Das heruntergekommene Kingsmen Motel an der Grand River Avenue nahe der Davison Street war ein perfektes Versteck. Es stand auch auf ihrer Liste der Motels, die einen geeigneten Unterschlupf boten.

Es dauerte eine Minute, bis sie die Nummer von der Auskunft erhalten hatte, und dann machte sie ihren Anruf. »Hallo«, sagte sie mit ihrer melodischen Stimme, »haben Sie einen Mr. Marcus Gregory in Ihrem Motel? Ich weiß seine Zimmernummer nich, aber ich bin sicher, daß er irgendwann letzte Woche bei Ihnen eingecheckt hat.«

Sie wartete einen Moment, und dann teilte ihr der Portier mit, daß tatsächlich ein Mr. Gregory unter den Gästen sei, und stellte sie durch. Plötzlich ertönte die schwere Stimme des Mannes am anderen Ende der Leitung. »'n Augenblick, bitte«, antwortete sie und übergab Kenyatta den Hörer, wobei sie darauf achtete, daß sie keinen Namen nannte, an den sich die Telefonvermittlung erinnern würde. Es war schon übel genug, den Anruf von der Farm aus tätigen zu müssen. Man konnte den Anruf leicht zurückverfolgen, falls es je dazu kommen würde. Doch der Creeper verstand es so gut, seine Spuren zu verwischen, daß sie diese Möglichkeit ausschloß.

»Ja, bitte?« brüllte Kenyatta ins Telefon und wartete dann ab, um sicherzugehen, daß er auch die Person an der Strippe hatte, mit der er sprechen wollte. »Hör zu, Bruder, ich hab was Wichtiges für dich. Also, wenn du den Schuppen da verläßt, dann mach an 'nem öffentlichen Fernsprecher halt und ruf mich an, okay? Mach's aber so bald wie möglich, denn es is wichtig, Mann.« Kenyatta legte den Hörer auf, ohne abzuwarten, ob der Mann seine Anweisung richtig verstanden hatte.

Die Person, die überhaupt nichts verstanden hatte, war der Portier, der sich in die Leitung eingeklinkt hatte, um das Gespräch mitzuhören. Der merkwürdige Mann, der in Zimmer 12 wohnte, hatte seine Neugier erregt. Der Mann bewegte sich wie ein Tier. Zuerst hatte der Portier Angst gehabt, daß der Mann ihn überfallen würde, doch dann hatte seine Neugier gesiegt. Für ihn sah der Mann aus Zimmer 12 aus wie ein Krimineller, obwohl er nichts getan hatte. Im Gegenteil, er bezahlte seine Miete weit im voraus und belästigte ihn auch nicht den ganzen Tag lang mit dummen Anrufen wie einige der anderen Gäste. Aber die Polizei hatte ihn gebeten, die Gespräche verdächtig wirkender Personen zu belauschen. Und als sie das letzte Mal eins der Zimmer durchsucht hatten, wurde er sogar gebeten, jeden Anruf zu belauschen, der von den Bewohnern der teureren Zimmer geführt wurde. Kein Schwarzer, der seinen Lebensunterhalt auf ehrliche Weise verdiente, konnte sich diese Preisklasse leisten. Zumindest nicht den Tagessatz. Eine Zeitlang wurde das Motel von wohlhabenden Dopedealern frequentiert, bis die Polizei kam und eine Razzia durchführte. Jetzt hatte die Polizei den Portier auf die Gäste angesetzt, besonders auf jene, die in den langen, teuren Cadillacs vorfuhren. Es machte ihn wütend, wenn er sah, wie sie mit ihren Limousinen in die Einfahrt bogen. Er wußte, daß er niemals in der Lage sein würde, sich eins dieser luxuriösen Autos zu kaufen, und er haßte diese langhaarigen Schwarzen, die sich solche Autos leisten konnten, als handele es sich um kleine Kompaktwagen. Die Hälfte dieser Nigger ging keiner geregelten Arbeit nach. Das fand er immer schnell heraus, nachdem sie ein oder zwei Wochen in dem Motel wohnten und jedesmal ihre dicken Brieftaschen zückten, wenn die Miete fällig wurde.

Jetzt standen zwei Cadillacs in der Einfahrt, und einer der Besitzer hatte zwei weiße Mädchen bei sich, folglich konnte sich der weiße Portier denken, daß er einer der vielen schwarzen Zuhälter war, die hier ein und aus gingen. Jetzt wartete er nur auf die Gelegenheit, sie mit ein paar weißen Freiern in ihren Zimmern zu erwischen, und dann würde er sofort die Sitte anrufen, damit sie diese Lotterbande ins Kittchen brachte.

Als der Mann, der sich unter dem Namen Marcus Gregory eingetragen hatte, sein Zimmer verließ, überlegte der Portier, ob es wichtig genug war, um seinen Kumpel vom Sittendezernat anzurufen. Das einzige, was er vorzuweisen hatte, war die Tatsache, daß der Anrufer den Mann gebeten hatte, einen öffentlichen Fernsprecher aufzusuchen.

Er warf einen Blick aus dem Fenster, als der Creeper gerade daran vorbeilief. Ein Blick in sein häßliches Gesicht, und die Entscheidung war getroffen. Jeder Nigger, der so aussah wie der, mußte etwas im Schilde führen. Warum würde sonst erst eine Frau nach ihm fragen, um dann einen Mann mit ihm sprechen zu lassen, der den häßlichen Kerl auch noch auffordert, von einem öffentlichen Fernsprecher zurückzurufen? Ja, überlegte er sich, während er vor seiner Schalttafel saß, irgend etwas Außergewöhnliches ging hier vor sich – darauf würde er seinen Arsch verwetten. Der Portier wählte die Nummer des Polizeipräsidiums. Er wußte sie auswendig.

Kenyatta saß auf dem Bett und rieb das wohlgeformte Bein der Frau neben ihm. Betty streckte sich auf dem Bett aus und warf die Arme über den Kopf. Bitte, o bitte, wünschte sie sich im stillen. Aus irgendeinem Grund konnte sie nicht genug von diesem Mann bekommen. Kenyatta war ihr ganzes Leben.

Das Telefon klingelte schrill. »Ja«, brüllte Kenyatta in den

Hörer. »Legt den verdammten Hörer unten auf, ich hab das Gespräch hier oben angenommen!«

»Hey, Baby-Boy, rufst du von 'nem öffentlichen Fernsprecher an?« Er wartete auf die Antwort und fuhr dann fort. »Hör zu, Bruder, ich hab 'nen wichtigen Auftrag für dich, Mann. Die Sache is sehr dringend und muß sofort erledigt werden. Bist du für den Job gewappnet?«

Der Creeper strich über die Waffe unter seiner Achselhöhle, als wäre der Mann am anderen Ende der Leitung in der Lage, diese Geste zu sehen. »Ich bin gerüstet und gewillt, Bruder«, antwortete er ruhig.

»Also gut«, antwortete Kenyatta schnell. »Ich will, daß du diesen weißen Schweinehund Angelo erledigst. Er wird sich unter dem Namen Angelo Benitta eingetragen haben. Der Typ wohnt im Holiday Inn an der Woodward in Highland Park. Weißt du, wo das is?« Wieder wartete Kenyatta die Antwort des Creepers ab, bevor er fortfuhr. »Jetzt hör gut zu, Bruder«, sagte er, wobei er darauf achtete, nicht den Spitznamen des Mannes zu benutzen, denn er konnte sich denken, daß der Creeper den Namen verabscheute. »Okay, merk dir Folgendes, Junge. Das fette Schwein wohnt in Zimmer Nummer –« er zögerte, während er einen kleinen Zettel aus seiner Tasche fischte. »In Zimmer Nummer 204 – stimmt, Nummer 204. Er müßte eine Menge Knete bei sich haben, aber wenn dir keine Zeit mehr bleibt, nachdem du ihn erledigt hast, scheiß auf die Knete. Kümmer dich nicht drum, denn das Geld is nich der eigentliche Grund für deinen Auftrag. Ich will, daß der fettärschige Mistkerl vor seinen Schöpfer tritt, noch bevor die Nacht vorbei is, und hör zu, Bruder, ich hab das Gefühl, daß der Arschficker dabei is, sich abzuseilen.«

Der Creeper stellte eine Frage, und Kenyatta hörte geduldig zu, bevor er antwortete. »Ja, du kennst ihn, Bruder, es is derselbe Scheißer, von dem wir die Waffen kriegen. Ja, also, der Mistkerl hat sich entschlossen, uns keine Waffen mehr zu liefern, wegen dieser kleinen Korrekturen, die du an den großen weißen Jungs vorgenommen hast. Genau, irgendwie is ihm das unter die Haut gegangen, deswegen hat er sich entschlossen, uns auf Eis zu legen. Richtig, Bruder, der Weißarsch will keine Geschäfte mehr mit uns machen, und deswegen will ich, daß du ihm eine Portion Blei in den Arsch pumpst. Genau, er is derjenige, der uns die scheiß Liste verkauft hat, und jetzt geht ihm der Arsch auf Grundeis, weil wir die Sache in die Hand nehmen.« Kenyatta hörte dem Creeper zu, dessen schwere Stimme durch die Leitung drang, und unterbrach ihn dann. »Du hast genug Knete, um klarzukommen, oder?« fragte er und fuhr dann fort, nachdem der Mann geantwortet hatte. »Gut, das reicht, falls irgendwas passieren sollte. Du weißt, was ich meine, es is genug, damit du klarkommst, bis ich dir mehr Knete rüberschieben kann. Aber es besteht ja auch die Chance, daß du Angelo mit vollen Taschen erwischst, du mußt dich allerdings beeilen. Wie ich schon gesagt hab, der Typ plant wahrscheinlich einen Abgang. Ja, ich kann's gradezu riechen, außerdem glaub ich, daß er versuchen wird, uns an die großen Weißärsche zu verkaufen. Yeah, die brennen drauf zu erfahren, wer ihre Kumpel auf dem Gewissen hat, aber wir werden dem Schleimer keine Zeit lassen, unsere Ärsche meistbietend zu versteigern – jedenfalls nich, wenn wir ihn rechtzeitig erwischen. Also Baby, du machst dich besser an die Arbeit. Jede Minute, die wir hier am Telefon verquatschen, is 'ne Minute mehr für den Arschficker, um sich aus der Schlinge zu befreien, die wir ihm gerade um seinen fetten weißen Arsch legen.«

Plötzlich klickte es in der Leitung, und Kenyatta wußte, daß sein Mordinstrument auf dem Weg war. Falls Angelo nicht schon das Weite gesucht hatte, würde er morgen keine Gelegenheit mehr dazu haben, denn der Creeper verfehlte selten sein Ziel. Der Gedanke an die Kinder, die der Creeper umgebracht hatte, schoß Kenyatta durch den Kopf, und er zuckte die Achseln. Es war etwas, das er nicht hatte vorhersehen können. Wenn er etwas Derartiges geahnt hätte, hätte er dem Mann ausdrücklich befohlen, die Kinder in Ruhe zu lassen. Sie waren nicht alt genug gewesen, um ihnen zu schaden, sie hätten ihn aufgrund ihres Alters nicht mal identifizieren können. Also hatte der Mann sie aus purer Lust umgebracht, aus keinem anderen Grund. Keiner wußte das besser als Kenyatta.

Nachdem er das Telefon zurück auf den Nachttisch gestellt hatte, drehte er sich zu der Frau um, die neben ihm lag. Er nahm sie in die Arme und küßte sie zärtlich, bis sein Verlangen stärker wurde und seine Umarmung leidenschaftlicher. Er drückte sie an sich und spürte ihre Erregung. Er streifte den roten Morgenmantel von ihren Schultern und entblößte ihre jungen, harten Nippel. Er bedeckte abwechselnd beide Knospen mit seinen Lippen und knabberte langsam und zärtlich an ihnen herum.

Plötzlich flog die Tür auf, und Ali stand grinsend vor dem halbnackten Paar. »Ich hab gehört, du bist hier oben in 'ner geschäftlichen Besprechung, und da hab ich mir gedacht, daß ich raufkomm und mich ganz unförmlich dazu geselle.«

»Mann«, knurrte Kenyatta wütend, »wie du siehst, is die Besprechung zu Ende. Also, wie wär's, wenn du die scheiß Tür von außen zumachst? Das hier is keine scheiß Peepshow für Wichser!«

»'tschuldige, Boss, wollte ma nich daneben benehmen«, lallte Ali mit einem gekünstelten Akzent.

Als Kenyatta über das Bett rollte und sich aufsetzte, konnte er die Lust in Alis Augen sehen. Der Mann stand immer noch in der Tür und ließ seine Blicke über Bettys halbnackten Körper wandern. Er konnte die Augen nicht von der Frau abwenden.

»Ich sag dir zum letzten Mal, daß du die scheiß Tür zumachen sollst«, sagte Kenyatta, und die Wut in seiner Stimme war nicht zu überhören.

»Okay, Bruder, reg dich bloß nicht auf«, sagte Ali, der jetzt langsam rückwärts zur Tür hinausging, während er immer noch auf die nackten Brüste der Frau starrte.

Selbst nachdem der Mann verschwunden war und die Tür hinter sich geschlossen hatte, konnten sie nicht einfach da weitermachen, wo sie aufgehört hatten. Die erotische Stimmung zwischen den beiden war zerstört. Kenyatta saß auf der Bettkante und überlegte sich, ob er Ali nach unten folgen sollte, um ihn zur Rede zu stellen. Irgend etwas braute sich zwischen den beiden Männern zusammen. Es nagte in Kenyattas Innerem und ließ nicht locker.

»Honey«, begann Betty, »bitte laß dir das nich so zu Herzen gehn. Du weißt doch, was sein Problem is, Daddy. Er kann sich einfach nich mit dem Gedanken abfinden, daß du der große Fisch im Teich bist und er nur 'n kleiner Hering.«

Einen Moment lang war er versucht, nach unten zu gehen, aber als er ihre Hände auf seinem nackten Rücken spürte, ihre Finger, die ihn langsam, jedoch ohne zu zögern, streichelten, überlegte er es sich anders. Er ließ sich auf dem großen Kingsize-Bett zurückfallen und versuchte, sich zu entspannen, doch das lüsterne Gesicht des Mannes ging ihm nicht aus dem Kopf und hielt ihn davon ab, Bettys Nähe richtig zu genießen. Betty arbeitete sich langsam vor. Er fühlte ein leichtes Zerren an seiner Hose, und dann lag sie auf dem Boden. Als nächstes kamen seine Shorts, und dann streckte er sich nackt auf dem Bett aus und überließ sich ganz den erotischen Gefühlen, die seine Frau in ihm auslöste. Er schloß die Augen, als etwas Heißes und Feuchtes seinen Penis umschloß, dann spürte er, wie ihre Zunge zärtlich seine Eichel liebkoste. Das Gefühl war zuerst fast unerträglich. Doch dann ließ er sich gehen und fing wirklich an, die Liebe, die seine Frau ihm gab, zu genießen.

12

Während draußen die Dämmerung einsetzte, lief Angelo hastig in seinem Motelzimmer umher. Er hatte eine Weile gebraucht, bis er sich entschieden hatte, aber jetzt wußte er, daß er für einige Zeit die Stadt verlassen wollte. Er konnte zwar nicht verstehen, welche Kraft ihn dazu trieb, aber er verließ sich immer auf seinen Instinkt. Und jetzt spürte er ein fast verzweifeltes Verlangen abzuhauen. Der Wunsch, aus der Stadt zu fliehen, war ganz plötzlich gekommen. Immer wieder schoß ihm der Gedanke an diese verrückten Nigger durch den Kopf. Er hatte keine Angst vor ihnen, denn er sah keinen Grund, warum sie ihm etwas anhaben sollten. Er hatte diesen Mistkerl Kenyatta über die Waffenlieferungen im unklaren gelassen und ihm nicht direkt gesagt, daß es vorbei war. Er hatte ihn einfach nur hingehalten. Er hatte versucht, ihm glaubhaft zu machen, daß es nicht lange dauern würde, bis sie wieder miteinander ins Geschäft kämen. Doch insgeheim wußte er, daß er nie wieder Geschäfte mit ihm machen würde, nicht, solange er lebte. Diese Nigger hatten den Verstand verloren, den Gott ihnen gegeben hatte, als sie einfach alle möglichen Leute in der Stadt umbrachten. Sie rannten herum und töteten wie die Wahnsinnigen, und damit erreichten sie lediglich, daß die Stadt in einem Blutbad schwamm. Zum tausendsten Mal bereute er es, Kenyatta diese Liste verkauft zu haben. Er hatte nicht die leiseste Ahnung, daß dieser Nigger seine großen Pläne tatsächlich in die Praxis umsetzen würde. Er hatte sich nicht vorstellen können, daß diese Bimbos tatsächlich an die Männer herankommen würden, die er auf die Liste gesetzt hatte. Besonders diese drei Männer, deren Namen er nur aufgeschrieben hatte, weil sie in letzter Zeit in den Zeitungen aufgetaucht waren und jeder sie für hohe Tiere der Mafia hielt. Er hatte gewußt, daß keiner der drei etwas mit Dope zu tun hatte. Jetzt war einer von ihnen tot und das nur, weil er dringend Geld gebraucht hatte. Wenn er das gewußt hätte, hätte er ein paar seiner Gläubiger auf die Liste gesetzt. Auf diese Weise hätte er wirklich was davon gehabt.

Als er die letzten Auszüge aus dem Schrank nahm, blickte er nervös zur Tür. Er fragte sich, was zum Teufel bloß mit ihm los war. Es war überhaupt nicht seine Art, ohne einen bestimmten

Grund nervös und fahrig zu sein. Er warf einen schnellen Blick auf seine Uhr. Er hatte noch zwei Stunden Zeit, bis seine Maschine nach Florida ging, also bestand wirklich kein Anlaß zur Eile. Er hatte seinen Mietwagen und mußte lediglich ein paar Taschen in den Kofferraum werfen und sich auf den Weg machen. Die Fahrt zum Flughafen dauerte keine zwanzig Minuten, also hatte er immer noch anderthalb Stunden, die er sich irgendwie um die Ohren schlagen mußte. Er hatte keine Lust, so lange auf dem Flughafen herumzusitzen und auf seinen Abflug zu warten. Trotzdem wäre er am liebsten gleich losgefahren.

Ungeduldig schaltete er den Fernseher ein und zwang sich dann, stillzusitzen und sich die Sechs-Uhr-Nachrichten anzusehen. Der Anschlag auf Kingfishers Männer war das Thema der Stunde, und Angelo starrte schockiert auf den Bildschirm. Er wußte sofort, wer dahintersteckte. Die Erwähnung der Maschinenpistolen ließ gar keinen Zweifel zu. Danach berichtete der Nachrichtensprecher rückblickend von dem schrecklichen Verbrechen, das an der Familie des Leibwächters von Mr. Kingfisher begangen worden war. Der Kingfisher wurde als Grundstücksmakler beschrieben, der dem Terror einer Bande zum Opfer gefallen war, die sein Geld wollten – oder sein Leben.

Angelo fluchte, während er aufstand und anfing, im Zimmer hin und her zu laufen. Der Bericht über die grausame Ermordung der Kinder des Leibwächters ließ ihm einen Schauer über den Rücken laufen. Er fragte sich, welcher von diesen Schweinehunden das wohl getan haben könnte. Da er so viele von ihnen kannte, versuchte er sich vorzustellen, welcher Nigger zu so einer Bluttat fähig war. Dann erinnerte er sich an dieses eine Gesicht. Er dachte an diesen Mann, den sie den Creeper nannten, und wie er ihn das letzte Mal gesehen hatte, als er gekommen war, um die Waffen abzuholen. Ihm graute bei dem Gedanken, und er besann sich, daß es ihm draußen am Flughafen unter den vielen Leuten besser gefallen würde. Er konnte sich in die Flughafenbar setzen und sich vollaufen lassen.

Angelos Gedanken überschlugen sich und machten es ihm unmöglich, sich zu entspannen, deshalb fing er an, seine Taschen neben die Tür zu stellen. Als er ins Bad zurückging, um sein Rasierzeug zu holen, überlegte er sich, wie er die Information an einen der großen Jungs verkaufen könnte, ohne persönlich in die Sache verwickelt zu werden. Wenn er damit herausrückte, daß er die Nigger mit Waffen versorgt hatte, würden sie eins und eins zusammenzählen, und dann wäre sein Leben so wertlos wie die Scheiße, in der sie steckten. Denn inzwischen konnten sie sich denken, daß jemand eine Liste mit den Namen einiger der ganz großen Nummern hatte. Die großen Bosse rannten herum wie benommen und hofften nur, daß ihr Name nicht auf der Liste stand. So sehr er auch mit dem Gedanken spielte, es würde nichts bringen, wenn er ihnen sagte, daß er die Nigger kannte, die für den Massenmord verantwortlich waren. Er konnte es sich nicht leisten, dieses Wissen zu verkaufen. Diese Typen hatten verdammt rauhe Sitten. Sie würden ihm nicht abnehmen, daß er nichts von der Liste wußte. Nein, die würden ihm nicht glauben, nicht, wenn er auch nur einen Bruchteil seines Wissens preisgab. Danach überlegte er, ob er die Polizei anrufen und denen einen Tip geben sollte. Die Idee gefiel ihm. Etwas mußte geschehen. Ein tollwütiger Hund war auf die Stadt losgelassen worden, und egal, wie er darüber dachte, irgendwie fühlte sich Angelo verantwortlich.

Als Angelo aus dem Bad kam, hatte er seinen Entschluß gefaßt. Er nahm den Hörer vom Telefon und wählte eine Nummer. Er verlangte das Morddezernat, und als sich der Detective meldete, sprach er hastig und ohne Pause.

»Wenn Sie wissen wollen, wer hinter diesen Morden steckt, dann überprüfen Sie die Kerle, die ihre Organisation in der Clay Street haben. Ihr Anführer heißt Kenyatta. Ich weiß aus persönlicher Erfahrung, daß Kenyattas Leute für den Anschlag verantwortlich sind, der heute stattgefunden hat. Ich hab gesehen, wie sie die Maschinenpistolen in ihren Wagen gelegt haben.« Er legte schnell auf und wischte sich dann den Schweiß von der Stirn. Er lächelte und genoß das Gefühl, daß er zumindest für heute eine gute Tat vollbracht hatte. Als was hatte Kenyatta ihn bezeichnet – als Spitzel? Na, Kenyatta, alter Junge, ich glaube, jetzt kannst du mich wirklich einen Spitzel nennen. Ich hoffe bloß, daß die deinen schwarzen Arsch so schnell wie möglich schnappen.

Im Präsidium winkte Detective Nelson seinen Partner zu sich und flüsterte ihm die Neuigkeit ins Ohr. Beide Männer standen auf und verließen unauffällig das Büro. Das war die Chance, auf die sie gewartet hatten. Nelson hielt einen kleinen Zettel in der Hand. »Der Anrufer hat mir sogar die Adresse gegeben. Wir brauchen bestimmt nicht lange, um den Laden zu finden. Er hat gesagt, daß sie da auch ihre Waffen verstecken.«

Sein Partner sah ihn unsicher an. »Glaubst du, daß wir da auf mehr Leute treffen, als wir zu zweit bewältigen können? Vielleicht sollten wir Verstärkung mitnehmen.«

»Vergiß die Scheiße!« explodierte Nelson. »Ich hab nicht vor, einem dieser Kerle die Gelegenheit zu geben, uns die Lorbeeren direkt vor der Nase wegzuklauen. Auf keinen Fall. Wir können das alleine auschecken, und wenn wir Hilfe brauchen, rufen wir einen Streifenwagen. Wir können sogar gleich einen Streifenwagen anfordern, sobald wir da sind.«

Die beiden Detectives grinsten einander an und eilten zum Fahrstuhl. Dies war ihre große Chance, sich einen Orden an die Brust zu heften – einen, auf den sie stolz sein konnten. Danach würde der Captain sie mit ein bißchen mehr Respekt behandeln, statt seine ganze Hoffnung auf das schwarz-weiße Team zu setzen, das er offenbar bevorzugte.

Als die beiden Detectives unten in der Garage den Fahrstuhl verließen, begegneten sie Malloy und Andrews vom Sittendezernat. Nelson und sein Partner Steward blieben stehen und warteten, bis die anderen jungen Detectives nähergekommen waren. Steward wippte vor und zurück, während er seine Jacke beiseite schob und das doppelte Schulterholster entblößte, das er trug. Wegen der zwei großen 48er saß die Jacke schief.

»He, Nelson, seit wann zum Teufel arbeitest du mit Wild Bill Hickok zusammen?« fragte Detective Malloy, als sie näherkamen. Nelson grinste nur und sagte dann: »Jack, du weißt ja, wie Steward ist. Er glaubt, doppelt hält besser, aber ich müßte ja verrückt sein, wenn ich so viel schwere Artillerie mit mir rumschleppen würde. Dieser scheiß 38er baumelt mir so schon oft genug im Weg rum.«

Detective Malloy grinste. »Tja, er ist jung und denkt, daß er damit bei den Frauen Eindruck schinden kann«, sagte er scherzhaft, aber in seinen Worten lag eine Schärfe, die keinen Zweifel daran ließ, was er wirklich davon hielt.

Steward kicherte nur. Ihm war es scheißegal was die anderen darüber dachten, daß er zwei Pistolen trug. Er gefiel sich in seinem rot-weiß karierten Sportjackett mit den beiden Waffen darunter.

Malloy ignorierte den jungen Detective und sprach mit Nelson. »Ich glaube, ich hab was für dich. Ist nur ein kleiner Hinweis, aber vielleicht kommt ja was dabei raus. Wir haben diesen Anruf von einem unserer Informanten erhalten, drüben vom Motel an der Grand River Avenue. Also, ich weiß nicht, ob es euch was nützt, oder ob ihr mit dem Mann was anfangen könnt. Wir sind jedenfalls gleich nach dem Anruf hingefahren und haben uns das Zimmer von dem Typ vorgenommen. Wir haben nichts gefunden, trotzdem war da was, das mich stutzig gemacht hat. Ich hab von der Beschreibung gehört, die euch der Zeitungsjunge von dem Typen gegeben hat, den er da draußen in Conant Garden gesehen hat, wo die ganze Familie ermordet wurde.« Malloy zögerte und fuhr dann fort. »Vielleicht hat es ja nichts damit zu tun, aber irgendwie hat's bei mir geklingelt. Weißt du noch, daß der Junge gesagt hat, der Mann, der da aus dem Haus kam, hätte ausgesehen wie der Creeper aus den Gruselfilmen? Heute haben wir die gleiche Beschreibung von dem Portier gehört. Er sagt, daß er den Mann nur als Creeper bezeichnen kann. Also, wie gesagt, mag sein, daß nichts dahintersteckt, aber irgendwie ist es doch komisch, daß beide denselben Ausdruck benutzen, um diesen Mann zu beschreiben. Ich meine, es ist schon was Außergewöhnliches – so was hört man nicht jeden Tag, also muß es schon ein verdammt häßlicher Kerl sein, wer immer er auch ist.« Jack gestikulierte mit den Händen. »Wie gesagt, kann sein, daß nichts dabei rauskommt, andererseits ist es vielleicht ein wichiger Hinweis. Und nach allem, was ich gehört habe, könnt ihr Jungs mit Sicherheit 'nen guten Tip gebrauchen.«

Malloys Partner Andrews schaltete sich in das Gespräch ein. »Ich wollte grade Ryan suchen, um ihm das zu erzählen. Der gräbt wie eine Bulldogge, und so was wie das hier ist ganz nach seinem Geschmack.«

»Gottverdammt, Andrews, du mußt Ryan einen Scheiß erzählen«, sagte Steward, während er sein Jackett wieder über die Waffen zog und aufhörte, sich in Pose zu werfen. »Ich und Nelson können das genausogut überprüfen wie Ryan und dieser Nigger, mit dem er zusammenarbeitet.«

Andrews sah Steward scharf an. »Ich weiß nicht, was du damit meinst, Steward, aber ich sag dir eins. Benson, dieser sogenannte Nigger, ist einer der besten Detectives, die dir jemals über den Weg laufen werden, darauf kannst du Gift nehmen.«

In dem Moment krauste Steward die Nase, als hätte er gerade etwas Übles gerochen. »Jedem seine Meinung, Tom, aber ich habe meine Zweifel über Mr. Benson. In meinen Augen bringt er sich nicht grade um. Ich sehe nicht, daß er in diesem Fall, an dem wir alle wie die Verrückten arbeiten, irgendwie weiterkommt. Nee, der ruht sich auf alten Lorbeeren aus. Ihr werdet es eines Tages schon merken: Wenn der alte Ryan nicht wäre, würde dieser Nigger wahrscheinlich immer noch in Uniform rumrennen.«

»Was immer du auch tust«, sagte Malloy schroff, »paß bloß auf, daß Ryan nicht mitkriegt, wie du seinen Partner niedermachst, denn dann hast du einen verdammt wütenden Detective am Arsch!«

»Ich würd's ihm nicht verübeln«, fügte Andrews hinzu. »Benson hat Ryan mehr als einmal das Leben gerettet, Steward, und so was vergißt Ryan nicht. Vor allem, wenn sich dein Partner vor dich stellt und sich selber mit 'nem scheiß 38er in die Brust schießen läßt, damit's dich nicht erwischt.«

»Das ist mir neu«, sagte Nelson und versuchte, seinen Partner von dem dünnen Eis herunterzuholen, auf dem er sich bewegte.

»Klar, vielleicht wußtet ihr's tatsächlich nicht, aber die Oldtimer hier, die wissen das«, bemerkte Malloy kalt. »Das war vor eurer Zeit. Ihr habt beide noch die Schulbank gedrückt, als das passiert ist. Und Ryan gehört zu denen, die so was nicht vergessen. Er hält seinen schwarzen Partner für seinen besten Freund, also merkt euch das, wenn ihr in seiner Gegenwart über Benson redet. Er duldet es nicht, daß man Scheiße über seinen Partner verbreitet, und wenn ich sage, daß er es nicht duldet, dann mein ich das auch. Gehört übrigens nicht viel dazu, ihn zum Explodieren zu bringen.« Malloy wandte sich an seinen Partner. »Tja, Tom, wir haben diesen Jungs jetzt genug in die Hände gegeben, um sie zu Helden zu machen, wenn sie's richtig anstellen, also laß uns raufgehen und unsere Schachpartie zu Ende spielen.«

Steward lachte. »Das ist das Gemütliche am Sittendezernat.

Ihr Jungs braucht nichts weiter tun, als ein paar süße Bräute festzunehmen, und dann könnt ihr euch für den Rest des Tages ausruhen.«

»Genau, du hast den Nagel auf den Kopf getroffen«, antwortete Malloy spitz. »Das ist alles, was wir zu tun haben. Aber wenn ich an eurer Stelle wäre«, sagte er und wandte sich wieder an Nelson, »würde ich den Mann mit Vorsicht behandeln. Wir waren grade erst in dem Motel, und es sieht so aus, als ob er dahin zurückkehrt, aber wir hatten keine Handhabe, also sind wir wieder gegangen. Eigentlich sind wir auch erst stutzig geworden, als der Portier den Typ als Creeper bezeichnet hat. Und dann hat sich Tom an euren einzigen Zeugen erinnert und daran, daß der Junge den Mann auch als Creeper bezeichnet hat. Also seid vorsichtig. 'ne Menge Fälle sind schon durch kleinere Hinweise aufgeklärt worden. Solche Ahnungen entpuppen sich hin und wieder als Volltreffer«, sagte Malloy ernst. »Wir wollten schon dableiben und den Kerl selber schnappen. Aber nachdem wir 'ne Stunde gewartet haben und der Kerl immer noch nicht aufgetaucht ist, haben wir uns entschlossen, die Information an euch weiterzugeben, denn schließlich werdet ihr dafür bezahlt, daß ihr euch um diesen Mist kümmert.«

»Okay, wir wissen das wirklich zu schätzen«, sagte Nelson, als sich die beiden Männer auf den Weg nach oben machten. »Und wir werden die Sache auch auschecken. Man kann ja nie wissen, vielleicht ist das genau der Schlüssel, den wir gesucht haben.«

»Am Arsch ist er das«, hörten die Männer von der Sitte Stewards trockene Bemerkung, als sich die Paare trennten.

»Weißt du«, sagte Malloy laut genug zu seinem Partner, damit Steward und Nelsons es hören konnten, »dieser Steward ist ein verdammter Klugscheißer. Ich möchte um nichts in der Welt in Nelsons Haut stecken und den ganzen Tag mit diesem Klugscheißer zusammenarbeiten müssen. Himmel Herrgott, das würde ich nicht mal meinem ärgsten Feind wünschen. Verstehst du, was ich meine?«

Nelson mußte Stewards Arm packen und ihn zurückhalten. »Hör nicht auf solche Blödmänner wie die, Mann. Wir haben wichtigere Dinge zu tun, als uns den Kopf über das zu zerbrechen, was irgend so ein frustrierter Schwanz von der Sitte rumposaunt. Laß uns zur Clay Street fahren und zusehen, daß wir ein bißchen Licht in die Sache bringen, Stew. Wir haben jetzt zwei Hinweise, und vielleicht entpuppt sich ja einer davon als Treffer.«

»Okay«, antwortete Steward. »Hoffen wir's. Aber wenn wir zurückkommen, werd ich den Klugscheißer fragen, was er mit der blöden Bemerkung gemeint hat. Worauf du dich verlassen kannst.«

13

Der Creeper spähte aus dem Fenster seines Motelzimmers. Das Zimmer, das er im Holiday Inn gemietet hatte, lag demjenigen, in dem Angelo noch wohnte, direkt gegenüber. Durch die halbgeöffneten Vorhänge an Angelos Fenster konnte er sehen, daß der Mann seine Flucht vorbereitete. Kenyatta hatte recht, ging es ihm durch den Kopf, während er den Mann beobachtete. Der Mistkerl hat vor, sich so schnell wie möglich aus dem Staub zu machen, dabei weiß er noch gar nicht, was für eine Überraschung auf ihn wartet. Seine Reise geht jedenfalls nicht dahin, wo er geplant hat, dachte der Creeper ungerührt, während er sich überlegte, wie er es am besten bewerkstelligen könnte. Er machte seine Anschläge nicht gerne in aller Öffentlichkeit, aber nach der Eile zu urteilen, mit der Angelo sich bewegte, sah es so aus, als müßte er den Scheißer auf dem Parkplatz erledigen. Plötzlich nahm er am Rande seines Blickfeldes eine Bewegung wahr. Es war das Zimmermädchen in dem Apartment, das vier Türen von Angelos Zimmer entfernt lag. Sofort kam ihm eine wunderbare Idee. Er setzte sich in Bewegung, noch bevor er den Gedanken zu Ende gedacht hatte. Es würde funktionieren, dessen war er sicher. Er lief das Treppenhaus hinunter und dann die andere Treppe hinauf, die in den gegenüberliegenden Flügel führte. Er verlangsamte seinen Schritt, als er sich der offenen Tür des Zimmers näherte, in dem das Zimmermädchen damit beschäftigt war, das Bett zu machen. Die füllige schwarze Frau hatte ihm den Rücken zugekehrt, als er in das Zimmer schlüpfte. Sie mußte seine Anwesenheit gespürt haben, denn sie drehte sich gerade um, als er sie mit einem Schlag in den Nacken erledigte. Es war ein Schlag, der dem Opfer sofort das Genick brach, und der Creeper hatte gelernt, ihn mit Leichtigkeit auszuführen. Er war jedesmal überrascht, wenn er diese Technik anwandte und mit einem Schlag tötete. Es steigerte sein Selbstwertgefühl, zu wissen, daß er das Leben eines Menschen mit einem einzigen Schlag beenden konnte.

Die tote schwarze Frau bedeutete ihm überhaupt nichts. Sie verursachte nicht die geringste emotionale Regung in ihm. Das einzige, was er dabei empfand, war ein Gefühl des Stolzes – ja, er war stolz darauf, ein Leben mit einem einzigen gut plazierten Schlag in den Nacken zerstören zu können. Diese Fähigkeit hatte er Kenyatta zu verdanken. Als er sich bückte, um der toten Frau den Schlüsselring abzunehmen, nickte er zufrieden über das Resultat seiner Leistung. Die alte Ziege hatte nicht mal gemerkt, was mit ihr passierte. Er kicherte leise, als er an die vielen Stunden dachte, die er damit verbracht hatte, Kenyatta zuzuhören, um letztendlich in der Lage zu sein, den Befehlen seines Anführers Folge zu leisten. Ja, dachte der Creeper, das ist wirklich ein Schwarzer, der sein Handwerk versteht.

Der Creeper bewegte sich leise zur Tür, warf einen kurzen Blick in den Flur, um sicherzugehen, daß die Luft rein war, und schlüpfte dann aus dem Zimmer, wobei er die Tür fest hinter sich schloß. Es würde eine Weile dauern, bis jemand ihre Leiche fand, und dann war es sowieso zu spät. Bis dahin wäre er längst verschwunden. Der Job, der jetzt vor ihm lag, war das einzige, was ihn interessierte, und er hoffte nur, daß er so reibungslos über die Bühne ging wie der Mord an dem Zimmermädchen. Wenn er den fetten Kerl auch mit einem Schlag erledigen könnte, würde es keinen verräterischen Lärm geben. Es wäre der perfekte Mord.

Er überprüfte die Nummern an dem Schlüsselring, bis er den richtigen Schlüssel herausgesucht hatte. Er blieb vor Angelos Tür stehen und lauschte. Er wollte sichergehen, daß der Mann alleine war. Es widerstrebte ihm, ins Zimmer zu platzen und irgendeine Fotze in seinem Bett zu finden. Leise steckte er den Schlüssel in das Türschloß und zog die Pistole aus seinem Schulterholster. Er lehnte sich mit der Schulter an die Tür und drückte sie auf. Er stand im Zimmer, noch bevor der fette Mann merkte, daß er Besuch hatte.

Angelo blickte auf, als er hörte, wie seine Tür geöffnet wurde. Überrascht sackte ihm der Unterkiefer herunter, als er sah, wie der große, glatzköpfige Mann das Zimmer betrat. Die schwere Waffe in der Hand des Schwarzen verriet ihm, daß dies kein Freundschaftsbesuch war. Allein der Anblick des Creepers gab Angelo das Gefühl, als müßte er seinen Darm entleeren.

»Was zum Teufel geht hier vor?« stieß er hervor, während er versuchte, sich von der Bettkante zu erheben. Doch es war nicht genug Kraft in seinen Beinen, und so setzte er sich wieder hin.

»Hallo, Weißarsch. Du hast doch nicht im Ernst gedacht, daß wir dich mit unserm ganzen Geld aus der Stadt abhaun lassen, oder?« fragte der Creeper, während seine kleinen, rötlichen Augen den Raum musterten und sich davon überzeugten, daß kein anderer anwesend war. »Nee, Mann, so 'ne Scheiße würden wir nie zulassen. Also hat Kenyatta mich hergeschickt, um's abzuholen. Er hat gesagt, daß du ihm 'ne blödsinnige Information verkauft hast, irgend so'n Scheiß, mit dem er nix anfangen kann. Scheint so, als ob jede scheiß Person, die auf der Liste steht, plötzlich aus irgend 'nem Grund abkratzt.« Der Mann stieß ein kaltes Lachen aus.

Der Creeper beugte sich zu Angelo hinunter, als ob er ihm etwas anvertrauen wollte. »Tja, Angelo, alter Junge, nach allem, was wir durchgemacht ham, war's nich grade nett von dir, mein Boss auch noch mit so 'ner Scheiße zu belasten. Also bin ich hier. Der Eintreiber. Ich bin hier, um das Geld abzuholen, das du für die Liste kassiert hast, die 'n Scheißdreck wert is.«

Für einen kurzen Augenblick verspürte Angelo Erleichterung. Wenn das hier nichts weiter war als ein Raubüberfall, dann würde es nicht so schlimm werden. Er konnte sich jederzeit neues Geld besorgen, obwohl er den Gedanken haßte, sich von dieser Knete trennen zu müssen. Er hatte vorgehabt, das Geld für seine Reise zu verwenden, aber nach dem Blick des Mannes zu urteilen, der da vor ihm stand, war jetzt nicht der Zeitpunkt, um über Geld zu streiten.

»Das ist also die Art, wie ihr Jungs vorgeht. Nachdem ich euch die ganze Zeit mit allen scheiß Waffen versorgt habe, kommt ihr her und raubt mich aus. Hör mal, du kannst Kenyatta von mir bestellen, daß damit unsere Waffengeschäfte ein für alle Male beendet sind. Er kriegt nie mehr auch nur ein beschissenes Ding von mir.« Angelo redete einfach daher, um sich selbst glaubhaft zu machen, daß es der Creeper wirklich nur auf das Geld abgesehen hatte. Sein Verstand ließ keinen anderen Grund zu. So konnte sein Leben einfach nicht zu Ende gehen. In einem beschissenen Motelzimmer und durch die Hand eines gottverdammten Niggers. Nein, er konnte sich nicht überwinden, der Sache ins Auge zu sehen.

Angelo stand auf und ging an seinen Koffer. »Mach bloß

keine dumme Bewegung, während du da rumfummelst«, warnte ihn der Creeper, während er Angelo um das Bett herum folgte und sich hinter ihn stellte.

Angelo lief es eiskalt über den Rücken, als er die Nähe des Mannes spürte. »Ich will bloß das scheiß Geld für dich rausholen. Deswegen bist du doch hier, oder?« brüllte Angelo, in dem Versuch, die Kaltschnäuzigkeit vorzutäuschen, die er nicht besaß. Er konnte kaum stehen, denn seine Knie zitterten wie verrückt. Er zog ein Geldbündel hervor, dessen Summe quer auf dem Papier stand, in das es eingewickelt war. Während er das tat, versuchte er, das andere Päckchen zu verdecken, das die gleiche Summe enthielt.

»Hier, nimm das. Das sind fünf Riesen. Genau das, was Kenyatta für die Liste gezahlt hat. Bestell ihm von mir, daß ich demnächst 'ne riesige Waffenlieferung erwarte und daß ich weiß, wie scharf er drauf ist. Aber bevor ich ihm auch nur ein Stück davon verkaufe, muß er die Knete wieder rüberschieben, die du mir jetzt abnimmst. Und ich meine jedes Wort, von dem, was ich sage, ernst«, sagte Angelo, wobei er niemandem außer sich selbst etwas vormachte. Es war ihm unmöglich, die Tatsache zu akzeptieren, daß er diesen Raum niemals lebend verlassen würde. Die kleine Pistole, die er ganz unten im Koffer versteckt hatte, blieb, wo sie war. Er hatte einfach nicht die Nerven, sie in einem riskanten Manöver herauszuziehen. Zumindest nicht, solange er noch glaubte, sich aus dieser Situation herausreden zu können.

Der Creeper musterte ihn eisig. »Weißte, so wie du das Päckchen rausgerückt hast, hab ich meine lieben Zweifel, daß es das einzige Päckchen is, was de da im Koffer hast. Ich mein, ich könnt nachts nich schlafen, wenn ich wüßte, daß ich bloß mit der Hälfte vom Geld abgehauen bin, während du viel mehr hast.«

Angelo drehte sich wütend zu ihm um. »Was zum Teufel ist das hier? Ein Überfall? Oder bist du wegen der fünf Riesen gekommen, die Kenyatta für die Liste bezahlt hat?« Angelo schöpfte Mut aus seiner Verzweiflung. Der Gedanke, sein ganzes Geld zu verlieren, hatte eine starke Wirkung auf den fetten Mann.

»Was glaubst du denn, was es wirklich is, weißer Junge?«

fragte der Creeper, während er das Rasiermesser aus der Tasche zog und auf den erschrockenen Mann zuging.

Jetzt war es offensichtlich. Dieser Mann war hier, um ihn umzubringen. Angelo versuchte, Zeit zu gewinnen. »Warte, hier, ich geb dir mein ganzes Geld, aber tu mir nichts.« Angelo war kein wirklicher Feigling, er kam aus der alten Schule, die einige der übelsten Mafiosi der Stadt hervorgebracht hatte, aber beim Anblick dieses schwarzen Ungeheuers war ihm für eine Weile das Herz in die Hose gerutscht. Aber jetzt, als er dem sicheren Tod ins Auge blickte, kehrte sein Mut zurück. Es war der Mut einer in die Enge getriebenen Ratte.

»Ich hab noch zehntausend Dollar mehr hier im Koffer«, sagte Angelo, in der Hoffnung, den Mann täuschen zu können, der gekommen war, ihn zu töten.

»Zehn Riesen mehr!« brüllte der Creeper. Das war mehr Geld, als er je in seinem Leben gesehen hatte, und trotzdem er sich selbst nichts aus den grünen Scheinen machte, wußte er doch, daß Kenyatta überaus zufrieden sein würde, wenn er mit fünfzehntausend Dollar zurückkehrte. Während ihm diese Gedanken durch den Kopf schossen, machte der Creeper den ersten großen Fehler in seiner Karriere als professioneller Killer. Er wandte den Blick von dem fetten Mann ab. Angelo nahm das einzige Geldbündel, das noch im Koffer war, und warf es auf das Bett, dann fuhr er fort, im Koffer herumzugraben, als suche er nach einem weiteren Geldbündel.

Das erste Geldbündel blieb jedoch nicht auf dem Bett liegen, sondern fiel auf den Boden. Der Creeper folgte dem Päckchen mit den Augen, wobei er feststellte, daß es genauso eingewickelt war wie das Bündel, das er bereits in seine Tasche gesteckt hatte. Auf dem Papier stand eine Summe, und als er sich bückte, um es aufzuheben, konnte er sehen, daß es weitere fünftausend Dollar waren.

Während er im Geist das Geld zählte, war der Creeper sicher, daß der verängstigte fette Mann das dritte Bündel suchte. Mit dem dritten Päckchen hätte er dann die gesamten fünfzehntausend, die der Mann angeblich besaß, und konnte dann fortfahren, dem Weißarsch die Kehle durchzuschneiden.

Er richtete sich gerade wieder auf, als sich der fette Mann in Bewegung setzte. Angelo wirbelte herum, wobei er den Koffer in Creepers Richtung schleuderte, und als dieser dem Creeper gegen die Brust schlug, hob der fette Mann die kleine Derringer, die er in der Hand hatte, und feuerte zwei Schüsse ab.

Der Koffer schien den Creeper mehr verletzt zu haben als die kleine Pistole. Die zwei schnellen Schüsse, die ihn in den Bauch getroffen hatten, juckten ihn anscheinend überhaupt nicht. Er hob den 38er in seiner linken Hand, während er das Rasiermesser zu Boden fallen ließ. Der Raum wurde durch einen ohrenbetäubenden Lärm erschüttert, als er den Police Special abfeuerte. Der erste Schuß traf Angelo hoch in der Brust und schleuderte ihn gegen die Wand. Die zweite Kugel traf ihn ein paar Zentimeter neben der ersten. Als Angelo damit kämpfte, die kleine Pistole zu heben, fiel ihm ein, daß die Derringer nur zwei Schuß hatte. Die leeren Kammern verursachten nur ein leises Klicken.

Als sich der Creeper von dem sterbenden Mann abwandte, spürte er den Schmerz, der sich in seiner Brust auszubreiten begann. Er preßte die Hand auf seine Brust und stolperte um das große Bett herum. Er sah ein Handtuch auf dem Tisch liegen und schnappte es sich. Er steckte es in sein Hemd und versuchte so, die Blutung zu stoppen, während er laut fluchte. »Dieser Scheißkerl von Weißarsch hat mich reingelegt«, knurrte er, während er sich aus dem Zimmer kämpfte.

Seine Gedanken überschlugen sich. Er wußte, daß er verschwinden mußte, und zwar schnell. Der Lärm seines 38ers war laut genug gewesen, um Tote aufzuwecken. Er stolperte zur Tür und schaffte es irgendwie, sie aufzureißen. Mit dem 38er fest in seiner Hand, verließ er taumelnd das Zimmer und stolperte auf das Eisengeländer zu, an dem er sich einen Augenblick festhielt, um sein Gleichgewicht wiederzuerlangen. Aus dem Augenwinkel bemerkte er, wie zwei Männer die Treppe heraufstürmten. Sein Verstand warnte ihn, daß es sich um Polizisten handelte. Ihm wurde sofort bewußt, daß er ihnen nicht davonlaufen konnte. Er hob seine Waffe, als der erste Mann die oberen Stufen erreichte.

Aus irgendeinem Grund war er nicht mehr in der Lage, auf den Mann zu zielen, der jetzt stehenblieb und rief: »Laß sie fallen, Polizei!« Das war die einzige Warnung, die er erhielt. Der zweite Mann, der aussah wie ein Schwarzer, hob seine Waffe und drückte ab. Die Kugel riß ihn von den Füßen und schleuderte ihn rückwärts durch den Flur. Er spürte, wie er fiel und mit dem Rücken auf dem Boden aufschlug.

»Gottverdammt, Ben, ich wollte ihn lebend.« Der Creeper hörte die Worte, als kämen sie aus großer Entfernung. Selbst da versuchte er noch, die Waffe zu heben, doch jemand trat sie ihm mit dem Fuß aus der Hand.

»Klar, ich weiß, daß du ihn lebend wolltest, so sehr, daß du riskierst, selbst dafür erschossen zu werden«, sagte Benson schroff, als er sich über den Mann beugte. »Sieht so aus, als ob schon jemand vor mir auf ihn geschossen hat«, stellte Benson fest, nachdem er den Mann kurz untersucht hatte.

Ryan warf einen Blick in das Motelzimmer. »Da drinnen liegt noch einer. Ich seh mal lieber nach, ob er schon den Löffel abgegeben hat.« Er ging hinein und beugte sich über Angelo.

Als Angelo versuchte zu sprechen, strömte Blut aus seinem Mund. »Mit mir geht's zu Ende«, brachte er hervor.

»Wer ist dafür verantwortlich, Angelo?« fragte Ryan grob, wobei er den verwundeten Mann fast auf die Beine hochgerissen hätte. Er bückte sich tiefer zu ihm hinunter, als der Mann versuchte zu sprechen, und hörte still zu. »Dieser scheiß Kenyatta. Er ist durchgedreht. Ich hätte ihm nie die Liste verkaufen dürfen.« Wieder schoß ein Blutschwall aus seinem Mund. »Alles meine Schuld. Ich hab ihm die scheiß Liste verkauft.«

»Wo können wir ihn finden? Wo, Angelo, wo, zum Teufel, versteckt er sich?«

Zuerst dachte Ryan, daß er auf seine Frage keine Antwort mehr erhalten würde, aber irgendwie schaffte der Mann es, sich auf seinen Ellbogen zu stützen und zu sagen: »Farm, er hat eine Farm . . .« Doch als er versuchte weiterzureden, hustete er das letzte Leben aus seinem Körper. Dunkles Blut lief über sein Kinn. Ryan brauchte nicht erst die Bestätigung eines Arztes, um zu wissen, daß er tot war. Der Detective empfand einen großen Verlust. Der Tod eines Menschen hatte immer diese Wirkung auf ihn.

14

Die Detectives Steward und Nelson hatten sich entschlossen, die Überwachung des Motels aufzugeben. Offenbar handelte es sich hier um einen Mann, von dem sie nicht einmal mit Sicherheit wußten, ob er derjenige war, den sie tatsächlich suchten oder nicht. Als die Nachricht von der Schießerei im Holiday Inn über ihr Funkgerät kam, entschlossen sie sich, hinzufahren, um die Sache auszuchecken. Das erste, was ihnen bei ihrer Ankunft ins Auge fiel, war der Wagen von Ryan und Benson.

»Wir hätten wissen müssen, daß die Idioten bei der Schießerei mit von der Partie sind«, knurrte Nelson, während er versuchte, einen Parkplatz zu finden.

Wären die beiden Detectives nicht so sehr damit beschäftigt gewesen, ihre Rivalen zu verfluchen, hätten sie wahrscheinlich die beiden gutgekleideten Paare bemerkt, die sich ihren Weg durch die Menge der Schaulustigen vor dem Eingang bahnten. Das Auffällige an den beiden schwarzen Paaren war die Tatsache, daß beide Männer und eine der Frauen völlig kahlgeschorene Schädel hatten. Ihre eingeölten Köpfe glänzten im grellen Neonlicht.

Die beiden Paare entfernten sich schnell von der Menge und eilten zu einem Wagen, der in der Nähe des Parkplatzes vor dem Holiday Inn abgestellt war. Keinem der beiden Detectives fiel das auf, denn sie waren viel zu sehr mit ihren oberflächlichen Eifersüchteleien beschäftigt.

»Diese beschissenen Kerle haben auch immer Glück«, sagte Detective Steward, bevor er aus dem Wagen stieg.

Während die Detectives Steward und Nelson abwechselnd ihren Unmut zum Ausdruck brachten, gelangten die vier schwarzen Mitglieder von Kenyattas Organisation unbemerkt zu ihrem Wagen. Es war von allergrößter Wichtigkeit, daß sie Kenyatta sofort erreichten und ihm mitteilten, was gerade im Holiday Inn passiert war. Er hatte ihnen die Anweisung gegeben, sich ein Zimmer in dem Motel zu nehmen und sich zu überzeugen, daß sein Befehl ausgeführt wurde. Nur einer von ihnen wußte, wie der Befehl ihres Anführers gelautet hatte. Doch nachdem sie alle gesehen hatten, daß es sich bei dem einen Toten um ihren besten Killer handelte, wußten sie, daß etwas schiefgelaufen war. Sie waren gerade lange genug in dem Motel geblieben, um herauszufinden, was in dem Zimmer passiert war. Sie wußten, daß der weiße Mann und das schwarze Zimmermädchen umgebracht worden waren. Das hatten sie selbst beobachtet. Eddie-Bee hatte am Fenster gestanden und gesehen, wie der Creeper hinter dem Rücken des Zimmermädchens durch die offene Tür geschlüpft war. Und während der Creeper sich in dem Zimmer des weißen Mannes aufgehalten hatte, war Jug hinübergelaufen, um die Sache auszuchecken, und mit der Nachricht zurückgekehrt, daß die ältere schwarze Frau tatsächlich tot war.

Jug schob seinen schlanken, knochigen Körper hinter das Lenkrad des gemieteten schwarzen Chevy und ließ den Motor an. Eddie-Bee und seine Frau setzten sich auf den Rücksitz. Beide Männer hatten ihre Freundinnen mitgebracht, damit es auch echt wirkte, als sie in die Doppelsuite des Motels belegt hatten. Für Eddie-Bee, der bei dem Überfall auf die Ausgabestelle für die Essensmarken mitgemacht hatte, war das hier das reinste Zuckerschlecken. Er wünschte sich nur, daß alle seine Aufträge so einfach wären.

»Sobald du 'n öffentliches Telefon siehst, halt an«, befahl Eddie-Bee laut vom Rücksitz aus.

»Hey, Mann«, brüllte Jug zurück, dem es gar nicht gefiel, daß Eddie-Bee ihm etwas vorschrieb, das er logischerweise auch ohne seine Aufforderung getan hätte. »Wenn ich dein Rat brauch, frag ich dich, klar? Aber ich steh gar nich drauf, wenn man mir was sagt, was jeder Idiot selber weiß.«

Als er Jugs aggressiven Ton hörte, merkte Eddie-Bee, daß er in seiner Absicht, hilfsbereit zu sein, etwas zu weit gegangen war. »Okay, Baby, reg dich nich auf«, sagte er schnell. »Wollte dir doch bloß helfen, das is alles.«

»Da vorne rechts is 'ne Telefonzelle«, sagte Jugs Freundin Almeta. Sie war ziemlich groß und hatte genau wie ihr Mann eine Glatze. Wenn sie nicht diese großen Brüste gehabt hätte, hätte man sie auf den ersten Blick für einen Mann halten können.

Jug lenkte den Wagen mit einem Schwung in die Parklücke direkt neben der Telefonzelle. Almeta hatte Schwierigkeiten, aus dem Wagen zu kommen, weil Eddie-Bee von hinten ihre Rükkenlehne nach vorne drückte, um als erster auszusteigen.

»Immer mit der Ruhe, Mann«, warnte Jug. »Is doch wirklich egal, wer von uns den Anruf macht. Wir ham den Auftrag alle zusammen ausgeführt, also bleib cool. Du hast weder was zu verlieren noch zu gewinnen, wenn de Kenyatta zuerst die Nachricht überbringst.«

Eddie-Bee lehnte sich wieder zurück. Er wünschte, er hätte Kenyatta die Neuigkeit selbst mitteilen können, aber es war unmöglich gewesen, vor Almeta aus dem Wagen zu kommen.

Nachdem er dem Mann auf dem Rücksitz einen kalten Blick zugeworfen hatte, schüttelte Jug verächtlich den Kopf. »Ich weiß echt nich, wie du's mit so 'nem Nigger aushältst, Penny«, sagte er, während er Eddie-Bees Freundin im Rückspiegel ansah.

Penny zuckte nur mit den Schultern. »Weißte, auf der Straße herrscht 'n echter Männermangel, Jug, also mußte manchmal nehmen, was de kriegen kannst.« Sie lachte, um ihren Worten die Schärfe zu nehmen.

Es dauerte keine drei Minuten, bis Almeta wieder im Wagen saß. »Ich hab Kenyatta erreicht«, sagte sie atemlos, als wäre sie gerade eine Meile gerannt. »Aber zuerst war Ali am Telefon, und wißt ihr was? Dieser Nigger wollte mich nicht eher mit Kenyatta verbinden, als bis ich ihm gesagt hab, weswegen ich anrufe. Ich mein, der hat sich einfach geweigert, Kenyatta Bescheid zu sagen.« Sie schien völlig verblüfft und fuhr dann fort: »Ich weiß, daß er gerne Kenyattas Platz einnehmen würde, aber wenn der das Sagen hätte, würd ich austreten. Wirklich, einfach so, ich würd die Organisation verlassen, weil er echt zuviel für mich wär. Erstens glaubt er, er wär der Schönste. Dann isser davon überzeugt, daß er der einzige is, der Grips im Kopf hat. Wenn man ihm mal zuhört, merkt man, daß er sich für den Klügsten hält. Zumindest macht er den Eindruck auf mich.«

»Blödsinn!« sagte Penny laut. »Wenn de mich fragst, ich finde, Ali is 'n feiner Kerl.«

»Wie gut, daß dich niemand fragt«, sagte Eddie-Bee kalt, doch seine Stimme verriet seinen Ärger.

»Oh, Honey«, sagte Penny, während sie ihm unter dem Kinn entlangstrich, »brauchst doch nich eifersüchtig zu werden. Solang ich dich hab, is in mein Herz kein Platz für 'n andern.«

»Daß ich nich lache«, murmelte Jug leise vor sich hin, so daß es die anderen nicht hören konnten. »Was hat Kenyatta gesagt, nachdem du ihm die Neuigkeit erzählt hast?« fragte er laut.

»Oh ...« sagte Almeta, die diese simple Frage zu überraschen schien. »Er will, daß wir sofort zur Farm rauskommen. Hat ihn schockiert, daß der Creeper dabei getötet worden is, mich allerdings nich. Ich bin froh, daß dieser dreckige, mordlustige Widerling tot is«, stellte sie mit größerer Gehässigkeit fest, als ihr bewußt war. »Ich konnte sein Anblick noch nie ausstehn, und dann, nachdem er die Morde verübt hat... Scheiße, Mann ... alles, was ich dazu sagen kann, is, daß hoffentlich nie wieder so einer wie der in unsere Organisation eintritt. Ich hab noch nie vorher so was wie den gesehn, und ich hoff, daß ich nich lange genug lebe, um noch mal so ein Ungeheuer zu treffen.«

»Das kannst du laut sagen«, pflichtete ihr Penny bei. »Er war 'ne mordlustige Bestie. Er hatte wirklich kein Grund, das Zimmermädchen umzubringen. Hast du Kenyatta erzählt, daß er die Frau umgebracht hat?«

»Nein, dazu war keine Zeit«, sagte Almeta ruhig. »Sobald ich ihm gesagt hab, daß der Creeper niedergeschossen wurde, als er aus dem Zimmer kam, wollte er wissen, ob der Creeper sein Auftrag erledigt hat, worauf ich ihm mit ja geantwortet hab. Ich war mir da ziemlich sicher. Als sie den fetten Mann auf der Bahre rausgetragen ham, war sein Gesicht zugedeckt. Ich hab ihm gesagt, daß ich sein Gesicht nich gesehen hab, aber daß es, nach der Figur unter dem Laken zu urteilen, der Fettarsch gewesen sein muß. Bei keim andern hätt sich so 'n fetter Bauch unterm Laken abgezeichnet.«

Plötzlich bog Jug scharf von der Woodward Avenue ab. »Wir sehn lieber zu, daß wir so schnell wie möglich auf den Freeway kommen. Ich glaub, es is besser, wenn wir gleich zur Farm rausfahren. In der Stadt wird bald die Kacke am Dampfen sein, und bis dahin müssen sich alle abgeseilt ham.« Jug bahnte sich sorgfältig einen Weg durch den Abendverkehr.

Almeta rollte ihr Fenster hoch. »Verdammt kühl draußen«, stellte sie fest. »Ich weiß nich, ob wir draußen auf der Farm wirklich so sicher sin. Was meinst du, Jug?«

»Wir sin schon auf dem Weg zur Farm, ob's nun sicher is oder nich. Wir ham für so 'nen Fall Vorsorge getroffen, wenn's also eng wird, kommt's zu dem, was Kenyatta Operation Break-Out nennt. Wir wissen alle, was das bedeutet, und jetzt müssen wir den Plan wahrscheinlich in die Praxis umsetzen – wenn's tatsächlich so weit kommt.«

Seine Worte brachten die Leute im Wagen zum Schweigen. Jeder war in Gedanken vertieft. Keiner wollte, daß es wirklich zu dieser sogenannten Operation Break-Out kam, aber sie hatten es so geplant, und jeder wußte genau über seine Aufgabe Bescheid.

Während der Wagen mit den vier Insassen seinen Fluchtweg durch die Außenbezirke fortsetzte, versuchten die beiden Detectives im Motel in ihren Ermittlungen weiterzukommen.

Benson ging in das Zimmer, er spürte die zwei schweren Geldbündel in seiner Tasche, die er dem Toten im Flur abgenommen hatte. Er war immer noch unentschlossen, ob er eins davon seinem Partner geben sollte oder nicht. »Hast du noch irgendwas aus dem Mann rausgekriegt, bevor er gestorben is?« fragte er Ryan.

Ryan sah müde zu ihm hoch. »Ich weiß nicht, Ben. Er hat irgendwas von 'ner Farm gesagt, aber das war auch alles. Und was war mit deinem Mann da draußen? Hat er noch irgendwas gesagt, bevor er zur Hölle fuhr?«

Benson brachte ein Grinsen zustande. »Ja, er hat noch mal seine ganze Kraft zusammengenommen, um mir ins Gesicht zu spucken, bevor's aus war«, antwortete Benson wahrheitsgetreu. »Dieser Kerl war durch und durch böse. Ich glaub nicht, daß der auch nur einen freundlichen Zug an sich hatte.«

»Das glaub ich dir gerne. Aber es sieht so aus, als ob ihm mit Angelo hier ein Fehler unterlaufen ist. Offensichtlich hat sich rausgestellt, daß Angelo ein bißchen härter war, als er dachte.« Ryan hielt die kleine Pistole hoch, mit der Angelo zwei Löcher in die Brust des Creepers geschossen hatte. »Er hat ihn getroffen, stimmt's?«

»Ja«, antwortete Benson. »Genau wie ich gesagt hab. Es war nicht nur meine Kugel, die ihn erledigt hat. Als wir gesehen haben, wie er auf das Geländer zustolperte, war das von den beiden Kugeln, die er in seinen Eingeweiden hat.«

Als nach und nach immer mehr Polizisten in das kleine Zimmer drängten, fragte Ryan, ob sie bei dem Toten im Flur irgend etwas Wertvolles gefunden hätten.

Benson zuckte mit den Schultern. »Kommt drauf an, was du als wertvoll bezeichnest.« Er deutete mit dem Kopf zum Badezimmer. »Laß uns mal für 'ne Minute da drin verschwinden. Ich will dir was zeigen.«

Ryan folgte seinem Partner ins Bad. Keiner sagte ein Wort, bis Benson die Tür geschlossen und sich dagegengelehnt hatte.

»Also was ist los? Hat uns der Kerl einen Hinweis hinterlassen?« fragte Ryan ungeduldig.

»Nee, das is kein scheiß Hinweis«, antwortete Benson, während er eins der Geldbündel aus seiner Tasche zog und es seinem Partner zuwarf. »Das is ein scheiß Geldbündel, was er uns da hinterlassen hat. Ich hab mir gedacht, daß du und ich vielleicht was damit anfangen könnten. Oder sollen wir's denen als Beweisstück abliefern, das sowieso niemals gebraucht wird?«

Während der nächsten fünf Minuten beobachtete Benson den wechselnden Gesichtsausdruck seines Freundes und Partners. »Ich nicht, Ben. Wie stehst du dazu?«

Ohne sich dessen bewußt zu sein, berührte Benson das andere Geldbündel in seiner Tasche. Er wußte, was er tun würde. Diesmal hatte das Glück ihm etwas zugespielt, das er gut gebrauchen konnte, falls der Captain jemals seine Drohung wahrmachte und ihn von seinem Posten entfernte. Wie immer sich Ryan auch wegen des Geldbündels in seiner Hand entscheiden mochte, er würde es akzeptieren, doch das Bündel in seiner Tasche blieb, wo es war.

»Nein, Ryan, ich kann das nicht entscheiden. Wenn ich's einfach behalten hätte, hättest du nie was davon erfahren. Aber ich wollte, daß du auch was davon hast. Das is eine nette kleine Summe, und keiner wird das Geld vermissen. Wenn du willst, dann teilen wir's uns. Wenn nicht, dann gib's denen als Beweisstück, aber verlang nicht von mir, daß ich die Entscheidung treffe. Ich will nicht, daß du mich später dafür verantwortlich machst, wenn du Schuldgefühle kriegst. Egal, wie du dich entscheidest, ich bin mit allem einverstanden. Ich könnte das Geld gebrauchen, und du auch, aber das is dein Bier. Du mußt es schon selber wissen.«

»Verdammt noch mal, Ben, warum machst du so was mit mir? Ich hab weiß Gott schon genug Probleme mit diesem scheiß Fall, auch ohne daß du mir so eine Verlockung vor die Nase hältst!«

»Wir werden auch nicht jünger, Ryan. Falls einem von uns irgendwas Schlimmes passieren sollte, würde das Geld den wenigen Menschen, die uns was bedeuten, ein gutes Stück weiterhelfen.«

Es dauerte eine Weile, aber schließlich breitete sich ein verlegenes Grinsen auf Ryans Gesicht aus. »Tja, ich glaub, es ist was anderes, als Bestechungsgelder anzunehmen. Das muß das Geld sein, das sie dem Kerl gegeben haben, damit er Angelo umlegt.«

Die beiden Männer starrten sich gegenseitig in die Augen, und schließlich brach Benson das Schweigen. »Dann nehm ich's. Bist du damit einverstanden, diese kleine Summe für uns zurückzulegen?«

Ryan schüttelte unentschlossen den Kopf. »Ich weiß noch nicht, Ben. Laß uns 'ne Weile drüber nachdenken, okay?«

Ihre Blicke trafen sich, und dann sah Ryan weg, aber vorher hatte Benson die Gier in seinen Augen gesehen. Ryan wollte das Geld, er wußte nur noch nicht, wie er es anstellen sollte. Sein Gewissen würde ihn eine Weile plagen, aber Benson war sicher, daß er darüber hinwegkommen würde.

Eine plötzliche Unruhe vor der Badezimmertür ließ die beiden Detectives hinausstürzen. Zu ihrem Erstaunen stießen sie auf Nelson und Steward, die gerade versuchten, die Verantwortung an sich zu reißen.

»Nun mal langsam, Jungs«, sagte Ryan schroff. »Ich hab diesen Männern bereits ihre Anweisungen gegeben, also mischt euch nicht ein. Das hier ist unser kleines Problem, wenn ihr euch also freundlicherweise auf die Zuschauerbank begeben würdet? Wir waren rechtzeitig hier und haben uns um die beiden gekümmert, die auf der Bahre von hier weg sind statt mit dem Flugzeug. Wir waren diejenigen, die den Killer ausgeschaltet haben. Wir haben dafür gesorgt, daß er keine Anschläge mehr für die Jungs macht, die ihn angeheuert haben.«

Während die Detectives anfingen, untereinander zu feilschen, war Kenyatta damit beschäftigt, ein paar Anrufe von der Farm aus zu tätigen. Er mußte eine letzte Entscheidung treffen. Und diese Entscheidung betraf den Kingfisher.

»Hör zu, Jerry, ich hab alles Mögliche versucht, um diesen Anschlag ohne deine Hilfe zu machen. Du weißt, daß ich dich auf diesen Posten gesetzt hab für den Fall, daß sich mal so eine Situation ergibt. Und jetzt isses so weit. Es gibt keinen andern Ausweg mehr. Entweder erledigst du den Kingfisher, oder der Mistkerl entwischt uns.«

Am anderen Ende der Leitung herrschte Stille. Einen Moment lang dachte Kenyatta, der Mann hätte aufgelegt. Aber dann antwortete er mit leiser Stimme. »Also, was soll ich tun?«

»Was du tun sollst?« röhrte Kenyatta. »Ich will, daß du den Scheißkerl umbringst. Schieß das Arschloch nieder, so wie's dieser reudige Hund verdient hat. Wenn du das tust, Jerry, rettest du Hunderten von Schwarzen das Leben – Hunderten!« brüllte Kenyatta. Doch er erwähnte nicht, daß der Mann auch sein Leben aufgeben würde, wenn er den Befehl ausführte.

»Wie?« fragte Jerry. Kenyatta hielt diese Frage für überflüssig. Es zeigte, daß der Mann seinen Verstand nicht benutzte. Es mochte ja gut für ihn sein, daß er wie ein Roboter handelte, aber Kenyatta wußte, daß Jerry für diesen Job sein Gehirn würde einschalten müssen.

»Wie!« wiederholte Kenyatta laut. »Mann, du versuchst ja nich mal, dein Gehirn zu benutzen, Jerry. Ich hab dir den Job in diesem Apartmenthaus da besorgt, weil du einer meiner besttrainierten Männer bist und einer der treuesten dazu. Denk doch mal dran, wie deine kleine Schwester an einer Überdosis gestorben is.« Kenyatta wußte, daß die Erwähnung seiner Schwester ausreichen würde, dennoch fuhr er fort. »Also ich könnte dir verdammt gut beweisen, daß das Dope von Kingfisher stammte, aber diese Scheiße is wohl nich nötig. Entweder machst du's oder nich. Wenn du's tun willst, mußt du folgendermaßen vorgehen: Wenn der Kingfisher und seine Männer runterkommen, gehst du so nah wie möglich ran und ballerst mit der 38er los, die ich dir gegeben hab. Du bist so ein guter Schütze, daß eine beschissene Kugel ausreichen müßte, aber ich will, daß du ihn zweimal triffst. Hast du verstanden, Jerry? Wenn er in die Eingangshalle runterkommt, machst du deinen Anschlag!«

Diesmal herrschte eine noch längere Stille, bevor der Mann antwortete. »Ich hab verstanden, Kenyatta. Ich bin dafür trainiert worden, also tu ich's auch. Ich bin genauso engagiert wie jeder andere in der Organisation.«

»Gut. Paß nur auf, daß du ihn nich verfehlst, Jerry. Paß verdammt gut auf, daß du ihn auch erwischst. Und vergiß nich, jag diesem Arschloch von Drogenhändler zwei Kugeln in die Eingeweide. Hast du verstanden? Eine für deine Schwester und eine für den Rest der Kids, die an dem Gift krepiert sind, das dieser Mann in unsere Gettos pumpt.« Kenyatta wartete, bis der Mann in einem positiven Ton geantwortet hatte. »Okay. Nachdem du aufgelegt hast, geh und hol deine Waffe. Du darfst keine Zeit verlieren. Wir wollen den Scheißkerl beseitigt haben, bevor er die nächste Dopelieferung erhält. Wir können die Lieferung nich stoppen, aber wenn wir den Kingfisher erledigen, wird er nich mehr in der Lage sein, dieses scheiß Gift in der ganzen Stadt zu verteilen!«

Nachdem er den Hörer aufgelegt hatte, bewegte sich Jerry wie unter Hypnose. Zuerst ging er hinunter in den Umkleideraum und öffnete seinen Spind. Dann nahm er die noch unbenutzte 38er Automatik heraus. Die Pistole glänzte vom regelmäßigen Polieren. Sie war noch nie abgefeuert worden. Er nahm sechs Patronen aus der vollen Packung und legte den Rest in den Spind zurück. Er legte die Pistole und die Patronen auf die Bank, die er sonst dazu benutzte, sich umzuziehen.

Nachdem er in seine frische Pagenuniform geschlüpft war, hatte Jerry Schwierigkeiten, die Pistole unterzubringen. Wenn er sie vorne in den Hosenbund steckte, würde man die Wölbung unter der Jacke sehen. Unter seinem Arm wäre sie besser aufgehoben, doch er hatte kein Schulterholster, um sie dort zu befestigen. Er setzte sich auf die Bank und überlegte die nächsten zehn Minuten, wie er die Pistole transportieren konnte.

Plötzlich hatte er eine Idee. Er stand auf, steckte die Waffe hinten seitlich in den Hosenbund, wo sich sein Rücken zu einer schmalen Taille verjüngte, und zog dann die Uniformjacke drüber. Auf diese Weise schien sich die Waffe nicht zu sehr abzuzeichnen, und wenn er darauf achtete, niemandem den Rücken zuzukehren, würde es auch keiner merken. Nach langem Hin und Her war Jerry endlich fertig. Zu keinem Zeitpunkt bezweifelte er, daß er den Auftrag ausführen würde. Dies war der Moment, für den man ihn trainiert hatte – seine Mission auf dieser Erde. Voller Schwung und Überzeugung lief er jetzt die Treppe zum Foyer hinauf – ein engagierter Mann, der eine Mission zu erfüllen hatte.

Es passierte früher, als er gehofft hatte. Jerry hatte keine vierzig Minuten an der Rezeption verbracht, bis er sah, daß der private Fahrstuhl, der nur zwischen dem Penthouse des Kingfishers und dem Foyer verkehrte, auf dem Weg nach unten war. Jerry beobachtete die Etagenanzeige über der Fahrstuhltür, während der Fahrstuhl sich nach unten bewegte.

Der Kingfisher stand lächelnd im Fahrstuhl. Er hatte die Nachrichten im Fernsehen verfolgt und auf dem Bildschirm beobachtet, wie sie die Leiche des Killers aus dem Holliday Inn getragen hatten. Er kannte den Mann, den der Creeper erschossen hatte. Erst wenige Stunden zuvor hatte er am Telefon gesessen und einigen der großen Männer seine Vermutung unterbreitet, daß irgend jemand Waffen an die Schwarzen im Getto verkaufte. Angelo war einer der Namen, die er erwähnt hatte. Nachdem er die großen Männer darauf aufmerksam gemacht hatte, verstanden sie auch den Zusammenhang. Derjenige, der die Waffen ins Getto lieferte, war mit großer Wahrscheinlichkeit derselbe, der den Schwarzen die Liste mit den Namen der Leute verkauft hatte, die die Stadt mit Dope versorgten.

Jetzt, da der Waffenschieber tot war, konnte es nicht lange dauern, bis sich seine schwarzen Kunden nach einer neuen Waffen-Connection umsehen und sich somit verraten würden. Der Kingfisher hatte sich entschlossen, dies mit seinen Leuten in der Stadt zu feiern.

Monate schienen vergangen zu sein, seit Vicky zum letzten Mal gelächelt hatte. An diesem Abend strahlte sie über das ganze Gesicht und machte viel Aufhebens darum, welches ihrer teuren Kleider sie anziehen sollte. Das goldene oder das dunkelblaue, das am besten zu der Perlenkette paßte, die der Kingfisher ihr gekauft hatte. Sie entschied sich für das knappgeschnittene goldene, das vorne und hinten tief dekolletiert war. Sie kleidete sich mit großer Sorgfalt. Es war so lange her, so verdammt lange, seit sie zum letzten Mal ausgegangen waren. Während sie sich anzog, hörte sie den Kingfisher im Schlafzimmer singen. Es würde ein herrlicher Abend werden. Sie hatten so lange im Schatten der Angst gelebt, daß sie ein paarmal daran gedacht hatte wegzulaufen. Sie hätte nur ein paar der teuren Stücke eingepackt, die der Kingfisher ihr gekauft hatte, und wäre einfach verschwunden. Doch die Nachrichten im Fernsehen bedeuteten, daß alles vorbei war, und jetzt schien jeder wieder glücklich zu sein.

»Dann mal los«, rief der Kingfisher fröhlich. Es war ziemlich lange her, daß jemand ihn derart ausgelassen erlebt hatte.

Vicky kam schnell aus dem Schlafzimmer und holte den Rest der Gruppe vor dem Fahrstuhl ein. Sie wartete, bis einer der Leibwächter mit seinem Schlüssel die Tür geöffnet hatte, und dann machte sich die kleine Gesellschaft von fünf Leuten auf den Weg nach unten. Außer seiner Freundin Vicky nahm der Kingfisher noch seine drei Leibwächter mit. Es hatte Zeiten gegeben, in denen der Kingfisher sich geweigert hätte, mit weniger als sechs Leibwächtern das Haus zu verlassen, doch die letzten Anschläge hatten seine Gefolgschaft um einiges reduziert.

Sobald der Fahrstuhl im Erdgeschoß hielt, betraten die Leibwächter die Eingangshalle. Sie bemerkten nichts Ungewöhnliches. Der Page, der in der Nähe der Tür stand, war derselbe, den sie schon viele Male zuvor gesehen hatten. Als der Kingfisher mit einem strahlenden Lächeln auf dem Gesicht den Fahrstuhl verließ, sah er, wie der jugendliche Page auf sie zukam. Jerry langte mit der Hand hinter seinen Rükken, und das nächste, was der Kingfisher sah, war der lange Lauf einer 38er Automatik, der direkt auf ihn gerichtet war. Sein Herz blieb stehen. Der Schrei, mit dem er seine Leibwächter warnte, kam zu spät. Er versuchte, sich hinter seiner Freundin zu ducken. Vicky stieß einen schrillen Angstschrei aus, als sie merkte, daß der Kingfisher sie als Deckung benutzen wollte. Doch der junge Schütze ließ sich nicht abschrekken. Er zielte mit der Waffe auf Kingfishers Gesicht und drückte ab. Der donnernde Lärm der 38er war ohrenbetäubend, genau wie die Schüsse aus den Pistolen der Leibwächter, die den Jungen auf der Stelle töteten.

Nachdem der Kingfisher an der Wand zu Boden geglitten war, hatte es den Pagen von zwei Seiten erwischt. Kingfishers Leibwächter waren bestimmt nicht langsam, doch der Angriff hatte sie völlig überrascht. Die beiden Kugeln, die der Page abgefeuert hatte, hatten den Kingfisher oben in den Hals getroffen. Er war schon tot, noch bevor er auf den teuren Teppichboden fiel. Der Kingfisher hatte nicht mal mehr lange genug gelebt, um mitzubekommen, daß seine Leibwächter den Killer sofort zur Strecke gebracht hatten.

15

Während die Polizei Kenyattas Club im Norden Detroits verließ und sich auf den Weg zur Farm machte, trafen einige Leute draußen auf dem Land letzte Vorbereitungen für eine schnelle Flucht. Sobald die Polizei den Club durchsucht hatten, war Kenyatta angerufen und genauestens darüber informiert worden. Die wenigen Mitglieder, die im Club in der Stadt geblieben waren, hatten dem Druck der Polizei nicht lange standgehalten und den Aufenthaltsort Kenyattas preisgegeben, doch Kenyatta hatte das erwartet.

Kenyatta war schwer bewaffnet, als er sich mit vier anderen Männern auf den Weg machte. Jeder der Männer hatte seine Frau bei sich im Auto: Jug und seine Freundin Almeta, Eddie-Bee mit seiner Lady und Red und Arlene, die Frau, die sich nach dem Überfall um die Waffen gekümmert hatte.

Kenyatta und Betty, die eine schwarze Aktentasche mit über dreißigtausend Dollar zwischen sich stehen hatten, fuhren zusammen mit Zeke und seiner schwarzen Königin. Jedes Paar war bis zu den Zähnen bewaffnet, die Frauen ebenso wie die Männer, als sie den Hof der Farm verließen.

Die übrigen Leute sahen ihnen nach, ohne zu wissen, wann ihr Anführer auf die Farm zurückkehren würde. Ali stand auf der Treppe zum Hauptgebäude und kratzte sich das Kinn. Er trug nun die Verantwortung, und das war alles, was ihn interessierte, doch irgendwie hatte er das Gefühl, daß etwas nicht in Ordnung war. Er konnte nicht wissen, daß seine Herrschaft nur wenige Stunden dauern würde.

Ali hatte nicht die Informationen, die Kenyatta besaß. Er war nicht über die Razzia in ihrem Club in der Stadt unterrichtet worden, und er wußte nicht, daß in dem Moment eine Armee von Polizisten auf dem Weg zur Farm war.

Als Kenyatta und seine Leute am Flughafen ankamen, parkten sie die beiden Wagen im Halteverbot. Von den acht Personen hatte sowieso keiner vor, auf diesem Weg zurückzukehren. Es war Zeit abzuhauen. Sie hatten einen gut durchdachten Fluchtplan, und jetzt war der Zeitpunkt gekommen, ihn in die Praxis umzusetzen.

Die anderen folgten Kenyatta in das Flughafengebäude. Als

er an den Ticketschaltern vorbeiging, drehte er sich zu seinen Leuten um. »Also, das wär mit höllischer Sicherheit eine Geldverschwendung, was?« sagte er scherzhaft, während er die schwere schwarze Tasche von einer Hand in die andere wechselte.

Jede der Frauen trug eine große schwere Umhängetasche. Jedes Paar hatte eine bestimmte Summe Bargeld bei sich, falls sie mehr Ärger bekommen sollten, als sie bewältigen konnten, und sich eventuell trennen mußten. Keiner trug jedoch so viel Geld mit sich herum wie Kenyatta.

Sie warteten etwa zehn Minuten, bis die Leute allmählich an Bord des Nonstop-Fluges nach Kalifornien gingen. Dann führte auch Kenyatta seine kleine Gruppe zur Gangway. Das Flughafengebäude war so eingerichtet, daß man erst dann die Sicherheitskontrolle passieren mußte, wenn man die Gangway betrat, die zum Flugzeug führte. An dieser Sperre standen ein paar Sicherheitsbeamte herum, die gelangweilt den Metalldetektor beobachteten, um zu sehen, ob jemand möglicherweise eine Waffe bei sich trug.

Als Kenyatta und seine Leute die Kontrolle erreichten, erregten sie keinerlei Verdacht, denn alle waren gut gekleidet und lächelten fröhlich. Sie gingen auf die Gangway zu, als hätten sie Tickets, doch dann brach plötzlich die Hölle los. Kenyatta zog eine Automatik und hielt damit die Sicherheitsbeamten in Schach, während seine Leute herbeigerannt kamen und sich neben ihn stellten. Er gab Red ein Zeichen mit der Hand, und Red stürzte die Gangway hinauf.

Der Anblick des schwarzen Mannes, der auf dem Weg war, das Flugzeug unter Kontrolle zu bringen, setzte die Sicherheitsbeamten in Bewegung. Als Red auf sie zustürzte, breitete einer seine Arme aus und versuchte ihn aufzuhalten, während ein anderer zurückwich und seine Waffe zog. Keiner der beiden hatte Erfolg. Der erste Mann, der versucht hatte, ihn festzuhalten, kassierte eine Kugel aus Reds Pistole.

Als der zweite Sicherheitsbeamte seine Waffe zog, feuerte Reds Frau, die nur einen Schritt hinter ihrem Mann gestanden hatte, einen Schuß aus der Hüfte ab, der den Sicherheitsbeamten völlig überraschend traf. Die erste Kugel landete oben in seiner Brust, und durch die Wucht des Einschlags wurde er herumgewirbelt. Der zweite Schuß, den sie abfeuerte, riß dem Mann den Hinterkopf weg. Red und Arlene rannten los, ohne einen letzten Blick auf das Opfer ihrer Zielgenauigkeit zu werfen, das hinter ihnen zusammenbrach.

»Keine Bewegung«, befahl Kenyatta laut, »dann wird auch niemand verletzt.« Während er das sagte, legte der Mann, der in seinem toten Winkel stand, die Hand an sein Holster. Doch als er die Waffe ziehen wollte, trat Betty hinter ihrem Mann hervor und richtete ihre abgesägte Schrotflinte auf ihn, die fast so kurz war wie eine Pistole. Sie erwischte den Mann aus beiden Läufen. Der Anblick dessen, was die Schrotflinte anrichtete, lähmte die anderen Männer vor Angst. Jetzt hegten sie keine Zweifel mehr daran, daß die Schwarzen es ernst meinten.

Kenyatta lief rückwärts auf die Gangway zu, wobei er das Mädchen, das an der Kontrolle gesessen hatte, als Deckung benutzte. Er blieb stehen und winkte Betty und den Rest seiner Leute vorbei. Sie rannten die Gangway hinauf, wo Red bereits eine Stewardeß in Schach hielt, die vor Angst zitterte.

Kenyattas wohlüberlegten Worte hallten durch den Wartesaal. »Ihr Weißärsche bleibt jetzt lieber, wo ihr seid, oder wir bringen alle Weißen im Flugzeug um!« Eine dunkle Röte legte sich über seine flachen Wangen, und Wut funkelte in seinen kalten schwarzen Augen.

Der Anblick des völlig verängstigten weißen Mädchens in den langen Armen des schwarzen Mannes ließ die Sicherheitsbeamten zögern. Sie hegten keinerlei Zweifel, daß er sie umbringen würde. Die Sicherheitsbeamten ließen ihre Waffen stecken und erlaubten Kenyatta, sich rückwärts die Gangway hinaufzubewegen.

Eddie-Bee stand oben am Ende der Gangway und wartete auf ihn, während er die weißen Männer, die unten an der Kontrolle standen, mit zwei kurzläufigen 38er Police Specials in Schach hielt.

»Ihr habt verstanden!« brüllte Kenyatta, als er sich, gefolgt von Eddie-Bee, rückwärts durch die Flugzeugtür schob. »Wenn ihr den Tod der Passagiere und Stewardessen vermeiden wollt, dann laßt die Finger von euren beschissenen Waffen!« Seine Stimme war im ganzen Flugzeug zu hören und verursachte fast eine Panik unter den Passagieren.

Die Mitglieder seiner Bande hatten die Maschine bereits völlig in ihre Kontrolle gebracht. Der Pilot war sich der Tatsache voll bewußt, daß ein Haufen schwarzer Killer das Kommando über sein Flugzeug übernommen hatte. Über Funk nahm er Verbindung mit dem Tower auf und fragte, was er tun solle.

»Tut, was sie euch befehlen. Bringt auf keinen Fall die Passagiere in Gefahr!« antwortete eine Stimme aus der Radarzentrale. »Die Leute, die euer Flugzeug in ihre Kontrolle gebracht haben, sind eiskalte Mörder. Sie haben nach unserem Wissen mindestens vier Leute am Flugsteig umgebracht, also seid vorsichtig.«

Der Kopilot und der Captain sahen sich eine ganze Weile schweigend an, bis sie von Zeke unterbrochen wurden. Der große, schwarze Mann stand plötzlich mit gespannter Waffe in der Hand im Cockpit. Er richtete sie auf den Kopf des Kopiloten. »Es gibt keine Probleme, wenn ihr uns keine macht«, sagte der schwarze Mann schroff.

Nach der Art und Weise wie der Mann das gesagt hatte, war den Piloten klar, daß er es ernst meinte. »Wohin?« fragte der Captain ruhig.

»Wenn wir in der Luft sind, sag ich euch Bescheid«, antwortete Zeke, dann lächelte er. Es war leichter gewesen, als Kenyatta gesagt hatte. »Wo immer wir auch hinfliegen«, sagte er unbeschwert, »ihr könnt euch drauf verlassen, daß es ein schwarzes Land sein wird. Ja, ganz bestimmt«, sagte Zeke mehr zu sich selbst als zu den weißen Piloten, »mit Sicherheit wird's 'n schwarzes Land sein!«

Schwarze Serie

»James Ellroy ist der derzeit härteste und beste Mann auf dem Krimimarkt.«

LUI

Browns Grabgesang (10359)
Heimlich (10364)
Blut auf dem Mond (10374)
In der Tiefe der Nacht (10464)
Hügel der Selbstmörder (10485)
Die schwarze Dahlie (10654)
Stiller Schrecken (22057)
Blutschatten (22178)

James Ellroy

Ullstein
Kriminalroman

Motown Sound

»Loren D. Estlemans Cocktail ist bemerkenswert: Spannung, Sozialkritik, harte Jungs und ein Spritzer Korruption.«
Generalanzeiger, Bonn

Loren D. Estleman

AMOS WALKER, PRIVATDETEKTIV
Detroit Blues (10256)
Der Tod in Detroit (10283)
Mitternacht in Detroit (10308)
Die Straßen von Detroit (10338)
Frühling in Detroit (10354)
Lady Detroit (10553)
Detroit River (10602)
Zehn für Detroit – Die Amos-Walker-Storys (10659)

PETER MACKLIN, BEZAHLTER MÖRDER
Kill-Zone (10377)
Rosen für den Killer (10450)
Killers Sohn (10497)

VIRGIL BALLARD, STAATSFEIND NR. 1
Der Oklahoma Punk (10369)
Ein klassischer Gangsterroman

K
Ullstein
Kriminalroman